Leo Nikolajewitsch Tolstoj, geboren am 9. September 1828 in Jasnaja Poljana, ist am 20. November 1910 auf einer entlegenen Bahnstation gestorben.

Zwei Welten prallen aufeinander in Tolstojs Erzählung »Der Morgen eines Gutsbesitzers«: die des Gutsherrn mit der seiner leibeigenen Bauern. Zwischen dem gutherzigen, jungen Herrn und seinen Bauern kommt es zur Kollision, ausgelöst dadurch, daß der Gutsherr beabsichtigt, die bäuerliche Wirtschaft in Schwung zu bringen und umzugestalten. Er hält es für seine Pflicht, mehr noch, er meint, niemand außer ihm sei dazu in der Lage. Es ergibt sich aber, daß er überhaupt nichts tun kann, da er nicht weiß, worin das Gute eigentlich besteht, und auch die Leute aus seiner allernächsten Umgebung – selbst seine Amme – sind gegen ihn.

Das Thema, das Tolstoj hier aufgegriffen hat, ist seine eigene Geschichte, als er gerade neunzehnjährig die Universität verließ, um auf seinem Gut zu leben. Hier fand sich der Aristokrat bald als Waise im Dorf außerhalb seiner gesellschaftlichen Kreise wieder, denn das Dorfleben berührte ihn jetzt unmittelbar und nicht mehr durch den Filter seiner adligen Familie.

insel taschenbuch 1056

Tolstoj

Der Morgen eines Gutsbesitzers

LEO N. TOLSTOJ

Der Morgen eines Gutsbesitzers

AUS DEM RUSSISCHEN VON
GISELA DROHLA
MIT ILLUSTRATIONEN VON
THEODOR EBERLE
INSEL VERLAG

insel taschenbuch 1056
Erste Auflage 1987

Hinweise zu dieser Ausgabe am Schluß des Bandes
Vertrieb durch den Suhrkamp Taschenbuch Verlag
Umschlag nach Entwürfen von Willy Fleckhaus
Satz: MZ-Verlagsdruckerei, Memmingen
Druck: Nomos Verlagsgesellschaft, Baden-Baden
Printed in Germany

1 2 3 4 5 6 - 92 91 90 89 88 87

Der Morgen eines Gutsbesitzers

Fürst Nechljudow war neunzehn Jahre alt, als er nach dem dritten Universitätskursus für die Sommerferien in sein Dorf fuhr und dort den ganzen Sommer allein verbrachte. Im Herbst schrieb er in seiner noch ungelenken Kinderhandschrift an seine Tante, die Gräfin Belorezkaja, die er für seine beste Freundin und die genialste Frau der Welt hielt, den folgenden französischen, hier in Übersetzung wiedergegebenen Brief:

›Mein liebes Tantchen! Ich habe einen Entschluß gefaßt, von dem das Schicksal meines ganzen Lebens abhängt. Ich will die Universität verlassen, um mich dem Leben auf dem Dorfe zu widmen, weil ich fühle, daß ich dazu geboren bin. Um Gottes willen, liebe Tante, lachen Sie nicht über mich! Sie werden sagen, ich sei noch jung; vielleicht bin ich auch wirklich noch ein Kind, aber das hindert mich nicht, meine Berufung zu fühlen, Gutes tun zu wollen und das Gute zu lieben.

Wie ich Ihnen bereits schrieb, fand ich hier alles in einer unbeschreiblichen Zerrüttung vor. Als ich Ordnung schaffen wollte und mich in die Dinge vertiefte, entdeckte ich, daß das Hauptübel in der ganz erbärmlichen, elenden Lage der Bauern besteht und daß man dieses Übel nur durch Arbeit und Geduld beseitigen kann. Wenn Sie nur zwei von meinen Bauern sehen könnten, David und Iwan, und wüßten, was für ein Leben sie mit ihren Familien führen, so würde der bloße Anblick dieser beiden Unglücklichen Sie gewiß mehr überzeugen als alles, was ich Ihnen sagen kann, um meine Absicht zu erklären. Ist es denn nicht meine heilige und unmittelbare Pflicht, mich um das Schicksal dieser siebenhundert Menschen zu kümmern, für die ich Gott werde Rechenschaft ablegen müssen? Ist es denn nicht Sünde, sie der Willkür der rohen Dorfschulzen und Verwalter zu überlassen und selber dem Genuß oder dem Ehrgeiz zu frönen? Warum soll ich denn in einer anderen Sphäre Gelegenheit suchen, nützlich zu sein und Gutes zu tun, wenn sich mir eine so vornehme, glänzende und naheliegende Pflicht eröffnet? Ich fühle mich imstande, ein guter Landwirt zu sein; um aber das zu sein, was ich unter diesem Worte verstehe, dafür brauche ich weder ein Kandidatendiplom noch einen Rang, den Sie so sehr für mich wünschen. Liebe Tante, schmieden Sie keine ehrgeizigen Pläne für mich. Gewöhnen Sie sich an den Gedanken, daß ich einen ganz besonderen Weg gehe, der schön ist und – ich fühle das – mich zum Glück führen wird. Ich habe sehr viel über meine künftigen Pflichten nachgedacht, ich habe mir Richtlinien für meine Tätigkeit aufgeschrieben, und wenn Gott mir Leben und Kraft gibt, werde ich in meinem Unternehmen Erfolg haben.

Zeigen Sie diesen Brief nicht meinem Bruder Wassja; ich fürchte seinen Spott; er ist gewohnt, mich zu beherrschen, und ich bin gewohnt, mich ihm zu fügen. Wanja dagegen wird meinen Entschluß begreifen, auch wenn er ihn nicht billigt.‹

Die Gräfin antwortete ihm mit folgendem Brief, der hier gleichfalls aus dem Französischen übersetzt ist:

›Dein Brief, lieber Dimitrij, hat mir nichts bewiesen, als daß Du ein gutes Herz hast, woran ich nie gezwei-

felt habe. Aber unsere guten Eigenschaften schaden uns mehr im Leben als unsere schlechten, mein Freund. Ich will Dir nicht sagen, daß Du eine Dummheit machst, daß Dein Verhalten mich bekümmert, ich will nur versuchen, Dich zu überzeugen. Laß uns einmal überlegen, mein Freund! Du sagst, daß Du Dich zum Landleben berufen fühlst, daß Du Deine Bauern glücklich machen willst und daß Du hoffst, ein guter Landwirt zu werden. Erstens muß ich Dir sagen, daß wir unsere Berufung erst dann fühlen, wenn wir uns schon einmal in ihr getäuscht haben. Zweitens ist es leichter, sich selber glücklich zu machen, als andere zu beglücken, und drittens muß man, um ein guter Landwirt zu werden, ein kalter und strenger Mensch sein, was Du kaum jemals sein wirst, auch wenn Du Dir alle Mühe gibst, so zu wirken.

Du hältst Deine Ansichten für unabänderlich und sogar für Lebensregeln; aber in meinem Alter, lieber Freund, glaubt man nicht an Ansichten und Regeln, sondern nur noch an die Erfahrung, und die Erfahrung sagt mir, daß Deine Pläne Kindereien sind. Ich bin schon fast fünfzig Jahre alt, und ich habe viele würdige Menschen gekannt, aber ich habe noch nie gehört, daß ein junger Mann mit Namen und Fähigkeiten sich unter dem Vorwand, Gutes zu tun, auf dem Land vergraben hätte. Du wolltest immer als Original erscheinen, aber Deine Originalität ist nichts anderes als übermäßige Eigenliebe. Wähle lieber ausgetretene Wege, mein Freund, sie führen schneller zum Erfolg. Der Erfolg aber, den Du vielleicht für Dich selber nicht brauchst, ist unerläßlich, wenn man eine Möglichkeit haben will, das Gute zu tun, das Du liebst.

Die Armut einiger Bauern ist ein unvermeidliches Übel oder ein Übel, dem man abhelfen kann, ohne alle seine Pflichten gegenüber der Gesellschaft, seinen Verwandten und sich selbst zu vergessen. Bei Deinem Verstand, Deinem Herzen und Deiner Liebe zur Tugend gibt es keine Laufbahn, in der Du nicht Erfolg haben könntest. Wähle wenigstens eine Karriere, die Deiner würdig ist und Dir Ehre macht.

Ich glaube, daß Du aufrichtig bist, wenn Du sagst, Du hättest keinen Ehrgeiz, aber Du belügst Dich selber. In Deinen Jahren und bei Deinen Mitteln ist der Ehrgeiz eine Tugend; er wird erst zum Fehler und zur Geschmacklosigkeit, wenn der Mensch nicht mehr imstande ist, diese Leidenschaft zu befriedigen. Und das wirst Du erfahren, wenn Du Deinen Entschluß nicht änderst. Leb wohl, lieber Mitja. Mir scheint, daß ich Dich Deines albernen, aber edlen und großherzigen Planes wegen noch mehr liebe. Handle, wie Du willst, ich muß aber gestehen, daß ich Dir nicht zustimmen kann.‹

Als der junge Mann diesen Brief erhalten hatte, dachte er lange darüber nach und kam endlich zu dem Schluß, daß auch eine geniale Frau sich irren könne. Er reichte sein Entlassungsgesuch bei der Universität ein und blieb für immer auf dem Land.

2

Der junge Gutsbesitzer hatte, wie er seiner Tante schrieb, Regeln für seine Tätigkeit zusammengestellt und sein ganzes Leben und alles, was er tat, nach Stunden, Tagen und Monaten eingeteilt. Der Sonntag war zum Empfang von Bittstellern, Leibeigenen und Bauern bestimmt, zur Besichtigung der Höfe armer Bauern und zur Hilfeleistung mit Zustimmung der Dorfgemeinschaft, die sich jeden Sonntagabend versammelte und entscheiden mußte, wer Hilfe brauchte. Über solchen Beschäftigungen verging mehr als ein Jahr, und der junge Mann war nun kein völliger Neuling mehr, weder in der praktischen noch in der theoretischen Kenntnis der Landwirtschaft.

An einem klaren Sonntag im Juni, nachdem Nechljudow Kaffee getrunken und ein Kapitel der ›Maison rustique‹ überflogen hatte, verließ er mit einem Notizbuch und einem Bündel Banknoten in der Tasche seines leichten Mantels das große Landhaus mit Kolonnaden und Terrassen, in dessen Erdgeschoß er ein kleines Zimmer bewohnte, und ging auf den ungepflegten, zugewachsenen Wegen des alten englischen Gartens zum Dorf, das zu beiden Seiten der Landstraße lag. Nechljudow war ein hochgewachsener, schlanker junger Mann mit vollem, lockigem, dunkelbraunem Haar, mit hellem Glanz in den schwarzen Augen, mit frischen Wangen und roten Lippen, über denen sich der erste Flaum der Jugend zeigte. Alle seine Bewegungen und sein Gang verrieten Kraft, Energie und die gutmütige Selbstzufriedenheit der Jugend. Das Bauernvolk kam gerade in bunten Scharen aus der Kirche zurück: Greise, junge Mädchen, Kinder, Frauen mit Säuglingen, alle in Feiertagskleidern, gingen zu ihren Hütten, verneigten sich tief vor ihrem Herrn und machten ihm ehrerbietig Platz. Auf der Straße blieb Nechljudow stehen, zog sein Notizbuch aus der Tasche und las auf der letzten mit seiner kindlichen Handschrift beschriebenen Seite einige Bauernnamen und die Bemerkungen daneben. ›Iwan Tschurisenok hat um Stangen gebeten‹, las er und ging auf das Tor der zweiten Hütte rechts zu.

Tschurisenoks Behausung bestand aus einer feuchten, an den Ecken halbverfaulten Blockhütte, die sich auf die Seite geneigt hatte und so tief in die Erde eingesunken war, daß man über dem Misthaufen gerade noch ein zerbrochenes rotes Schiebefenster mit halbabgerissenem Laden und ein anderes mit Hanf zugestopftes Fensterchen sah. Der aus Brettern gezimmerte Flur mit der schmutzigen Schwelle und der niedrigen Tür, eine zweite Blockhütte, noch älter und niedriger als der Flur, das Tor und eine Vorratskammer aus Flechtwerk klebten an der Haupthütte. All das war einmal von einem ungleichen Dach bedeckt gewesen, jetzt aber hing nur noch auf dem Schirmdach dichtes, schwarzes, faulendes Stroh, und oben sah man hie und da das Gerüst und die Dachsparren. Vor dem Hof war ein Brunnen mit einem verfallenen Brunnenkasten, den Überresten eines Pfostens und eines Rades und mit einer vom Vieh ausgetretenen schmutzigen Pfütze, in der Enten herumplätscherten. Neben dem Brunnen standen zwei alte, geborstene und geknickte Weidenbäume mit spärlichen blaßgrünen Zweigen. Unter einer dieser Weiden, die davon zeugten, daß irgendwer einmal für die Verschönerung dieses Ortes gesorgt hatte, saß ein achtjähriges weizenblondes Mädchen und ließ ein anderes zweijähriges Mädchen um sich herumkriechen. Als der Hofhund, der um die beiden herumtollte, den Herrn sah, rannte er sofort zum Tor und begann erschrocken und heiser zu bellen.

»Ist Iwan zu Hause?« fragte Nechljudow.

Bei dieser Frage erstarrte das ältere Mädchen förmlich vor Schreck, riß die Augen immer weiter auf und gab keine Antwort; das kleinere Mädchen machte den Mund auf und wollte anfangen zu weinen. Ein kleines altes Weiblein in einem zerrissenen karierten Rock, der tief unten von einem alten, rötlichen Gurt zusammengehalten wurde, schaute aus der Tür heraus und antwortete auch nichts. Nechljudow ging zum Hausflur und wiederholte seine Frage.

»Er ist daheim, lieber Herr«, sagte die Alte mit zittriger Stimme und verneigte sich tief vor lauter Schreck und Verwirrung.

Als Nechljudow sie begrüßt hatte, ging er durch den Flur in den engen Hof; die Alte stützte das Gesicht in die Hand und wiegte langsam den Kopf hin und her, ohne den Herrn aus den Augen zu lassen. Auf dem Hof sah es ärmlich aus; an einzelnen Stellen lag alter, nicht abgefahrener, schwarz gewordener Mist; auf diesem Dunghaufen lagen Mistgabeln, zwei Eggen und ein verfaulter Trog herum. Die offenen Schuppen rings um den Hof, in denen auf einer Seite ein Hakenpflug, ein Wagen mit drei Rädern und ein Haufen leerer, unbrauchbarer Bienenstöcke standen, waren fast alle abgedeckt und an einer Seite eingestürzt, so daß die Querbalken vorne nicht mehr auf den Stützen, sondern auf dem Misthaufen lagen. Tschurisenok zerhackte mit der Schneide und mit dem Rücken seines Beils den Zaun, den das Dach eingedrückt hatte.

Iwan Tschurisenok war ein Bauer von ungefähr fünfzig Jahren und weniger als mittelgroß. Die Züge seines sonnengebräunten, länglichen Gesichts, das von einem dunkelblonden, leicht ergrauten Bart und von ebensolchen dichten Haaren umrahmt war, waren schön und ausdrucksvoll. Seine dunkelblauen, halbgeschlossenen Augen blickten klug und gutmütig sorglos drein. Sein kleiner, regelmäßiger Mund, der sich scharf unter dem spärlichen blonden Schnurrbart abzeichnete, wenn er lächelte, drückte ruhiges Selbstvertrauen aus und eine etwas spöttische Gleichgültigkeit allem gegenüber, was ihn umgab. An der rauhen Haut, den tiefen Runzeln, den stark hervortretenden Adern an Hals, Gesicht und Händen, an der unnatürlich gebückten Haltung und den krummen, säbelförmigen Beinen sah man, daß sein ganzes Leben in allzu schwerer, seine Kräfte übersteigender Arbeit dahingegangen war. Seine Kleidung bestand aus weißen hanfleinenen Hosen mit blauen Flikken an den Knien und einem geflickten schmutzigen Hemd, das an Rücken und Armen fast durchgescheuert war. Das Hemd war mit einem Stück Schnur gegürtet, an dem ein Messingschlüsselchen hing.

»Gott mit dir!« sagte der Herr, als er in den Hof kam.

Tschurisenok sah sich um und arbeitete weiter. Mit einem energischen Ruck riß er den Zaun unter dem

Dach heraus, hieb das Beil in einen Klotz, rückte den Gurt zurecht und trat in die Mitte des Hofes.

»Guten Feiertag, Euer Durchlaucht!« sagte er mit einer tiefen Verbeugung und warf das Haar zurück.

»Danke, mein Lieber. Ich bin gekommen, um mir deinen Hof anzusehen«, sagte Nechljudow mit kindlicher Freundlichkeit und Schüchternheit und musterte die Kleidung des Bauern. »Zeig mir, wozu du die Stangen brauchst, um die du mich in der Versammlung gebeten hast.«

»Die Stangen? Jeder weiß doch, wozu man Stangen braucht, Väterchen, Euer Durchlaucht. Ich wollte das Dach wenigstens ein klein bißchen stützen, belieben Sie selbst zu sehen. Neulich ist die Ecke dort eingestürzt. Gott war uns noch gnädig, weil das Vieh gerade nicht im Stall war. Das hält alles kaum noch zusammen«, sagte Tschurisenok und betrachtete verächtlich seine dachlosen, windschiefen und verfallenen Schuppen. »Man braucht die Dachsparren, die Seitenwände und die Querbalken nur anzurühren, da sieht man schon, daß das ganze Holz nichts mehr wert ist. Aber wo soll man denn heutzutage Holz hernehmen? Das belieben Sie ja selbst zu wissen.«

Wozu brauchst du denn fünf Stangen, wenn der eine Schuppen schon eingestürzt ist und die anderen auch bald einstürzen werden? Du brauchst keine Stangen, sondern Dachsparren, Querbalken und Pfosten – du mußt alles erneuern«, sagte der Herr, der sich auf seine Sachkenntnis offensichtlich nicht wenig einbildete.

Tschurisenok schwieg.

»Du brauchst also Bauholz, aber keine Stangen; das hättest du mir gleich sagen müssen.«

»Ja, das brauche ich schon, aber wo soll ichs hernehmen? Ich kann doch nicht immer auf den Herrenhof gehen! Wenn man unsereinem erlaubt, wegen jeder Kleinigkeit auf den Herrenhof zu laufen und zu betteln – was für Bauern sind wir denn da? Aber wenn Sie so gütig wären, mir die Eichenwipfel zu geben, die nutzlos auf der herrschaftlichen Tenne herumliegen«, sagte er, verneigte sich und trat verlegen von einem Fuß auf den andern, »dann könnte ich vielleicht ein paar Sparren auswechseln oder ein paar ausbessern und aus dem Alten noch irgendwie etwas zusammenzimmern.«

»Wieso denn aus dem Alten? Du sagst doch selber, daß alles alt und verfault ist; heute stürzt diese Ecke ein, morgen die zweite und übermorgen die dritte. Wenn man schon etwas macht, muß man alles neu machen, damit die Arbeit nicht umsonst ist. Sag mal, glaubst du, daß dein Hof diesen Winter noch aushalten wird oder nicht?«

»Wer weiß!«

»Nein, was meinst du – wird er einstürzen oder nicht?«

Tschurisenok dachte einen Augenblick nach.

»Alles wird zusammenstürzen«, sagte er plötzlich.

»Na, siehst du! Statt in der Versammlung nur um ein paar Stangen zu bitten, hättest du sagen sollen, daß du deinen ganzen Hof umbauen mußt. Ich möchte dir doch helfen …«

»Besten Dank für Ihre Gnade«, antwortete Tschurisenok mißtrauisch und ohne den Herrn anzusehen.

»Wenn Sie mir vier Balken und ein paar Stangen geben wollten, komm ich vielleicht allein zurecht, und mit dem unbrauchbaren Holz, das ich herausnehme, kann ich die Hütte abstützen.«

»Ist deine Hütte denn auch schlecht?«

»Ich und mein Weib warten nur darauf, daß sie einstürzt und irgend jemanden totschlägt«, sagte Tschurisenok gleichgültig. »Neulich hat schon ein Deckenbalken mein Weib erschlagen.«

»Was – erschlagen?«

»Ja, erschlagen, Euer Durchlaucht. Der Balken ist ihr auf den Rücken gefallen, und bis zur Nacht hat sie wie tot dagelegen.«

»Ist es wieder vorübergegangen?«

»Vorübergegangen ist es schon, aber sie kränkelt immer noch. Sie kränkelt eigentlich schon ihr ganzes Leben lang.«

»Bist du krank?« fragte Nechljudow die Frau, die noch immer an der Tür stand und sofort zu ächzen anfing, als ihr Mann von ihr zu sprechen begann.

»Hier hab ichs sitzen«, antwortete sie und zeigte auf ihre schmutzige, hagere Brust.

»Auch wieder so was!« sagte der junge Herr, ärgerlich die Achseln zuckend. »Warum gehst du denn nicht ins Krankenhaus, wenn du krank bist? Dazu ist das Krankenhaus doch da! Hat man euch denn nichts davon gesagt?«

»Doch, lieber Herr, aber ich habe immer keine Zeit, ich muß auf dem Gut arbeiten und daheim, und die Kinder – ich bin ganz allein! Wir sind mutterseelenallein ...«

3

Nechljudow ging in die Hütte. Die unebenen rußgeschwärzten Wände waren im Ofenwinkel mit Lumpen und Kleidern verhängt und im roten Winkel, wo die Heiligenbilder hingen, buchstäblich mit rötlichen Küchenschaben bedeckt, die sich um die Bilder und die Bank angesammelt hatten. In der Mitte dieser schwarzen, stinkenden, sechs Ellen langen Hütte klaffte ein breiter Riß in der Decke, und obwohl an zwei Stellen Stützen standen, hatte sich die Decke so gesenkt, daß sie jeden Augenblick einzustürzen drohte.

»Ja, die Hütte ist sehr schlecht«, sagte der Herr und sah Tschurisenok forschend an, der offensichtlich keine Lust hatte, über dieses Thema zu sprechen.

»Sie wird uns erschlagen, und sie wird die Kinder erschlagen«, rief das Weib mit weinerlicher Stimme und lehnte sich unterhalb der Schlafstelle an den Ofen.

»Sei still!« sagte Tschurisenok streng und wandte sich mit feinem, kaum merklichem Lächeln unter dem zuckenden Schnurrbart an den Herrn: »Ich weiß einfach nicht, was ich mit ihr machen soll, Euer Durchlaucht, ich meine, mit der Hütte. Ich habe sie abgestützt und ausgebessert, aber es nützt alles nichts.«

»Wie sollen wir hier überwintern? O-o-oh!« sagte die Frau.

»Wenn wir noch ein paar Stützen aufstellen, die Bretter an der Decke erneuern«, unterbrach sie der Mann mit ruhigem, sachlichem Ausdruck, »und hier und dort einen Querbalken auswechseln, können wir uns vielleicht noch diesen Winter durchschlagen. Dann könnten wir noch in der Hütte wohnen, nur wäre sie dann ganz mit den Stützen verstellt. Aber wenn man sie anrührt, bleibt kein Span mehr ganz; sie hält nur, solange sie steht«, schloß er, sichtlich zufrieden über diese Feststellung.

Nechljudow war verärgert und traurig darüber, daß Tschurisenok es so weit hatte kommen lassen und sich nicht schon früher an ihn gewandt hatte. Seit seiner Ankunft hatte er den Bauern nie etwas abgeschlagen und zu erreichen versucht, daß alle mit ihren Nöten zu ihm kamen. Er fühlte sogar etwas wie Zorn auf den Bauern, zuckte ärgerlich die Achseln und runzelte die Stirn, aber der Anblick der ihn umgebenden Armut und Tschurisenoks ruhiges und selbstzufriedenes Gesicht inmitten dieser Armut verwandelten seinen Ärger in hoffnungslose Schwermut.

»Warum hast du mir das nicht schon früher gesagt, Iwan?« fragte er vorwurfsvoll und setzte sich auf die schmutzige, schiefe Bank.

»Ich habe mich nicht getraut, Durchlaucht«, antwortete Tschurisenok mit dem gleichen, kaum merklichen Lächeln und trat auf dem holprigen Lehmboden von einem seiner nackten schwarzen Füße auf den andern; aber er sagte das so kühn und ruhig, daß man kaum glauben konnte, er hätte nicht gewagt, zu seinem Herrn zu kommen.

»Wir sind doch nur Bauern, wie könnten wir uns unterstehen ...«, sagte die Frau schluchzend.

»Schwatz nicht«, unterbrach Tschurisenok sie.

»In dieser Hütte kannst du nicht wohnen, das ist Unsinn!« sagte Nechljudow, der eine Weile geschwiegen hatte. »Wir werden folgendes machen, mein Lieber...«

»Zu Befehl«, sagte Tschurisenok.

»Hast du die Steinhäuschen gesehen, die ich auf dem neuen Weiler habe bauen lassen, die mit den Füllmauern?«

»Freilich habe ich sie gesehen«, antwortete Tschurisenok und zeigte beim Lächeln seine noch unversehrten weißen Zähne. »Wir haben uns recht gewundert, als sie gebaut wurden – komische Hütten sind das. Die Leute haben gelacht und gemeint, das sollten vielleicht Speicher werden, wo man das Korn in den Hohlraum schüttet, damit die Ratten nicht dran können. Schöne Häuser!« schloß er und schüttelte mit einem Ausdruck spöttischen Zweifels den Kopf, »gerade wie ein Gefängnis«.

»Ja, ausgezeichnete Häuser, trocken und warm und nicht so feuergefährlich«, entgegnete der Herr und verzog sein junges Gesicht, offensichtlich verärgert über den Spott des Bauern.

»Ja, da gibt es nichts, Euer Durchlaucht, die Hütten sind sehr gut.«

»Na also! Das eine Häuschen ist schon ganz fertig. Es ist zehn Ellen lang, mit Flur und Vorratskammer. Ich will es dir zum Selbstkostenpreis geben. Das Geld kannst du mir irgendwann einmal zurückzahlen«, sagte der Herr mit einem selbstzufriedenen Lächeln, das er bei dem Gedanken, eine gute Tat zu tun, nicht zurückhalten konnte. »Deine alte Hütte reißt du ab«, fuhr er fort, »sie kann als Speicher dienen. Den Hof werden wir auch verlegen. Das Wasser dort ist vorzüglich. Ich gebe dir ein Stück Neuland für deinen Gemüsegarten und ganz in der Nähe dein Ackerland mit allen drei Fluren. Du wirst herrlich leben! Nun, gefällt dir das etwa nicht?« fragte Nechljudow, als er bemerkte, daß Tschurisenok, sobald von Übersiedlung die Rede war, förmlich erstarrte, nicht mehr lächelte und zu Boden sah.

»Wie Euer Durchlaucht wünschen«, antwortete er, ohne aufzublicken.

Die Alte trat vor, als hätte man sie zutiefst gekränkt, und wollte etwas sagen, aber der Mann kam ihr zuvor.

»Wie Euer Durchlaucht wünschen«, wiederholte er entschlossen und zugleich demütig, sah den Herrn an und warf die Haare zurück, »aber auf dem neuen Hof können wir nicht leben.«

»Warum nicht?«

»Nein, Euer Durchlaucht, wenn Sie uns dort ansiedeln ... hier geht es uns auch schlecht, aber dort werden wir niemals ordentliche Bauern sein. Was für Bauern können wir denn dort sein? Dort kann man ja überhaupt nicht leben!«

»Warum denn nicht?«

»Dort kommen wir ganz auf den Hund, Euer Durchlaucht.«

»Warum kann man denn dort nicht leben?«

»Was für ein Leben wäre das denn dort? Überleg mal selber: der Ort ist unbewohnt, man weiß nicht, wie das Wasser dort ist, und dort gibt es auch keine Viehweide. Unsere Hanffelder hier, das ist guter, fetter Boden, und was ist dort? Was ist denn überhaupt dort? Alles nackt und kahl! Keine Zäune, keine Darren, keine Scheunen, nichts ist dort. Wir sind ruiniert, Euer Durchlaucht, wenn du uns dorthin jagst, vollständig ruiniert! Ein neuer, fremder Ort...«, wiederholte er nachdenklich, aber energisch den Kopf schüttelnd.

Nechljudow wollte dem Bauern beweisen, daß die Übersiedlung für ihn sehr vorteilhaft sei, daß man Zäune und Scheunen bauen werde, daß das Wasser dort gut sei und so weiter, aber Tschurisenoks stumpfes Schweigen verwirrte ihn, und er fühlte, daß er nicht die richtigen Worte fand. Tschurisenok widersprach ihm nicht, aber als der Herr geendet hatte, bemerkte er mit leisem Lächeln, daß es besser wäre, die alten Hofleute und Aljoscha, den Dummkopf, auf diesem Weiler anzusiedeln, die könnten dann dort die Felder bewachen.

»Das wäre großartig!« sagte er und lächelte wieder. »Aber das andere ist Unsinn, Euer Durchlaucht!«

»Es macht doch nichts, daß der Ort nicht bewohnt ist«, sagte Nechljudow geduldig und beharrlich. »Unser Ort hier war doch auch einmal unbewohnt, und jetzt leben Menschen hier. Dort ist es genauso; zieh nur hin, mach den Anfang...«

»Ach, Euer Durchlaucht, das kann man doch gar nicht miteinander vergleichen!« antwortete Tschurisenok lebhaft, als befürchtete er, der Herr könnte eine endgültige Entscheidung treffen. »Hier wohnen wir mit den andern zusammen, und wir haben einen schönen Platz, an den wir gewöhnt sind: da ist die Straße und der Teich, wenn das Weib die Wäsche waschen und das Vieh tränken muß. Und unser Hof, die Tenne und der Gemüsegarten – das alles ist schon von jeher hier gewesen. Und die Weiden da, die meine Eltern gepflanzt haben. Mein Großvater und mein Vater sind hier gestorben, und ich würde auch gern meine Tage hier beschließen, Euer Durchlaucht, mehr will ich gar nicht. Wenn du unsere Hütte ausbessern willst, so sind wir sehr zufrieden, Euer Gnaden; wenn nicht, dann werden wir unser Leben schon irgendwie in der alten Hütte beschließen. Wir wollen unser Lebtag für dich beten«, fuhr er mit einer tiefen Verbeugung fort, »aber vertreib uns nicht aus unserem Nest, Väterchen ...«

Während Tschurisenok sprach, hörte man unter der Schlafstelle, wo sein Weib stand, ein immer lauteres Schluchzen, und als der Mann ›Väterchen‹ sagte, trat das Weib plötzlich vor und warf sich dem Herrn weinend zu Füßen.

»Richte uns nicht zugrunde, Wohltäter! Du bist unser Vater und unsere Mutter! Wo sollen wir uns denn noch ansiedeln? Wir sind alte Leute und ganz allein. Wie Gott, so bist auch du ...« heulte sie.

Nechljudow sprang von der Bank auf und wollte die Alte aufheben, aber sie schlug wie in wollüstiger Verzweiflung mit dem Kopf auf den Lehmboden und stieß die Hand des Herrn zurück.

»Was machst du denn! Steh auf, ich bitte dich! Wenn ihr nicht wollt, braucht ihr es ja nicht zu tun, ich will euch nicht zwingen«, sagte er mit einer abwehrenden Handbewegung und ging auf die Tür zu.

Nechljudow setzte sich wieder auf die Bank; das Schweigen in der Hütte wurde nur von dem Schluchzen der Frau unterbrochen, die sich wieder unter die Schlafstelle zurückgezogen hatte und sich die Tränen mit dem Hemdsärmel abwischte. Da begriff der junge Gutsbesitzer, was die verfallene Hütte, der eingestürzte Brunnen mit der schmutzigen Pfütze, die morschen Ställchen und Schuppen und die geborstenen Weidenbäume vor dem schiefen Fensterchen für Tschurisenok und sein Weib bedeuteten. Ihm wurde schwer und traurig ums Herz, und er fühlte so etwas wie Scham.

»Warum hast du denn am vorigen Sonntag in der Versammlung nicht gesagt, daß du eine Hütte brauchst, Iwan? Ich weiß nicht, wie ich dir jetzt helfen soll. Ich habe euch allen in der ersten Versammlung gesagt, daß ich mich auf dem Land niedergelassen habe, um euch mein Leben zu weihen, daß ich bereit bin, selber auf alles zu verzichten, damit ihr zufrieden und glücklich werdet – und ich schwöre bei Gott, daß ich mein Wort halten werde«, sagte der junge Gutsbesitzer, der nicht wußte, daß solche Ergüsse völlig ungeeignet sind, bei irgend jemand Vertrauen zu erwecken, zumal bei einem Russen, der keine Worte liebt, sondern Taten, und nur ungern seine Gefühle ausdrückt, so schön sie auch sein mögen.

Der offenherzige junge Mann aber war so glücklich über das Gefühl, das ihn bewegte, daß er ihm freien Lauf ließ.

Tschurisenok neigte den Kopf auf die Seite und hörte seinem Herrn augenzwinkernd und mit gezwungener Aufmerksamkeit zu wie einem, dem man nun einmal zuhören muß, auch wenn er Dinge sagt, die nicht besonders schön sind und die uns überhaupt nichts angehen.

»Aber ich kann doch nicht allen einfach alles geben, worum sie mich bitten! Wenn ich jedem, der mich darum bittet, Holz geben wollte, hätte ich bald selbst nichts mehr, und dann könnten die wirklich Bedürftigen nichts bekommen. Deshalb habe ich einen Teil meines Waldes abgetreten, das Holz zur Ausbesserung der Bauerngehöfte bestimmt und ihn ganz der Dorfgemeinschaft übergeben. Dieser Wald gehört jetzt nicht mehr mir, sondern euch Bauern, und ich kann nicht mehr darüber verfügen, sondern die Gemeinde hat darüber zu bestimmen. Komm heute in die Versammlung, ich werde deine Bitte vorbringen. Wenn die Gemeinde dir eine Hütte zuspricht, dann ists gut, ich habe jetzt kein Holz mehr. Ich bin von ganzer Seele bereit, dir zu helfen; wenn du aber nicht übersiedeln willst, so ist das nicht meine Sache, sondern die Sache der Gemeinde. Verstehst du mich?«

»Wir sind Eurer Durchlaucht sehr dankbar«, antwortete Tschurisenok verlegen. »Wenn Sie mir ein bißchen Holz für den Hof geben, werden wir schon durchkommen ... Was soll denn da die Gemeinde? Man weiß ja ...«

»Nein, komm nur.«

»Zu Befehl. Ich werde kommen. Warum sollte ich nicht kommen? Aber ich werde die Gemeinde um nichts bitten.«

4

Der junge Gutsherr wollte die Leute anscheinend noch etwas fragen, denn er stand nicht von der Bank auf und blickte unentschlossen bald auf Tschurisenok, bald auf den leeren, ungeheizten Ofen.

»Habt ihr schon zu Mittag gegessen?« fragte er endlich.

Unter Tschurisenoks Schnurrbart zuckte es wie ein spöttisches Lächeln, als käme es ihm lächerlich vor, daß der Herr so dumme Fragen stellte. Er gab keine Antwort.

»Was für ein Mittagessen denn, lieber Herr?« fragte das Weib mit einem tiefen Seufzer. »Wir haben Brot gegessen, das ist unser Mittagessen. Wir hatten heute keine Zeit, Bärenklau zu suchen, deshalb haben wir nichts für die Kohlsuppe gehabt, und das bißchen Kwaß, das da war, haben wir den Kindern gegeben.«

»Dieses Jahr haben wir Hungerfasten, Euer Durchlaucht«, mischte sich Tschurisenok ein, um die Worte seiner Frau zu erläutern. »Brot und Zwiebeln, das ist unser Bauernessen. Gott sei Dank hat mein Brot dank Euer Gnaden bis jetzt gereicht, die anderen Bauern haben alle keins mehr. Die Zwiebeln sind dies Jahr überall schlecht ausgefallen. Neulich haben wir zu dem Gemüsebauern Michail geschickt, der verlangt einen Groschen für das Bündel, aber unsereins hat ja kein Geld, um etwas zu kaufen. Wir gehen auch schon seit Ostern nicht mehr in die Kirche und können nicht einmal eine Kerze für den Heiligen Nikolaus kaufen.«

Nechljudow kannte dieses äußerste Maß von Armut,

in dem seine Bauern lebten, schon lange, und zwar nicht nur vom Hörensagen, sondern aus eigener Anschauung; aber diese Wirklichkeit stand in einem so krassen Gegensatz zu seiner Herkunft, seiner Denkweise und Lebensführung, daß er die Wahrheit unwillkürlich immer wieder vergaß. Jedesmal, wenn ihn jemand lebendig und greifbar daran erinnerte, wie zum Beispiel jetzt, wurde ihm unerträglich schwer und traurig ums Herz, als quälte ihn die Erinnerung an ein einst begangenes, ungesühntes Verbrechen.

»Warum seid ihr denn so arm?« sagte er, unwillkürlich seine Gedanken aussprechend.

»Ja, wie könnten wir denn anders sein als arm, Euer Durchlaucht? Wie unser Boden ist, geruhen Sie selber zu wissen: Lehm und Hügel. Ja, und außerdem haben wir auch unseren Herrgott erzürnt, das sieht man ja: seit der Cholera gedeiht das Getreide nicht mehr. Die Wiesen und Äcker sind auch wieder weniger geworden, manche sind zu der Ökonomie gekommen, andere zu den herrschaftlichen Feldern. Ich bin ein alter Mann, ich hab keine Hilfe ... ich würde mich ja gern abrackern, aber ich hab keine Kraft mehr. Meine Alte ist krank, sie bringt jedes Jahr ein Mädchen zur Welt, die müssen doch alle gefüttert werden. Ich rackere mich ganz allein ab und habe sieben Seelen zu Hause. Es ist ja eine Sünde, aber ich denke oft: wenn unser Herrgott doch ein paar von ihnen zu sich nehmen wollte – dann hätte ichs leichter, und für sie wäre es auch besser als hier vor Hunger zu heulen ...«

»O-och!« seufzte das Weib laut, als wollte sie die Worte ihres Mannes bestätigen.

»Das ist meine ganze Hilfe«, fuhr der Bauer fort und zeigte auf einen weißblonden, struppigen, etwa siebenjährigen Jungen mit aufgedunsenem Bauch, der gerade schüchtern zu der knarrenden Tür hereinkam, den Herrn scheu und erstaunt ansah und sich mit beiden Händen an Tschurisenoks Hemd festhielt. »Das ist meine einzige Stütze«, sagte der Bauer mit lauter Stimme und strich dem Kind mit seiner rauhen Hand über die weißblonden Haare. »Es dauert noch lange, bis er mir helfen kann, und die Arbeit geht jetzt schon über meine Kraft. Mein Alter ist ja nicht so schlimm, aber das Gliederreißen plagt mich arg. Bei schlechtem Wetter könnte ich schreien vor Schmerzen, und es ist höchste Zeit, daß ich mit der Fronarbeit aufhöre und mich aufs Altenteil setze. Jermilow, Djomkin und Sjabrew haben ihr Land schon längst abgegeben, dabei sind sie alle jünger als ich. Na ja, ich habe niemanden, dem ich es abgeben kann – das ist mein Unglück. Man muß ja essen, da rackere ich mich halt weiter ab, Euer Durchlaucht.«

»Ich möchte es dir wirklich gern etwas leichter machen, aber wie?« sagte der junge Herr und sah den Bauern voller Teilnahme an.

»Ja, wie denn leichter machen? Wenn man Land hat, muß man auch Frondienst leisten, das ist eine alte Sache. Ich muß halt irgendwie fertig werden, bis der Junge groß ist. Aber wenn Sie so gnädig wären und ihn von der Schule befreien wollten – neulich war der Gemeindeschreiber da und hat gesagt, er müßte in die Schule gehen, Euer Durchlaucht hätten es verlangt. Befreien Sie ihn doch, er hat ja noch gar keinen Verstand,

Euer Durchlaucht. Er ist noch klein und kapiert noch gar nichts.«

»Nein, mein Lieber, das geht nicht«, sagte der Herr, »dein Junge kann schon etwas begreifen, es ist Zeit für ihn zu lernen. Ich meine es doch gut mit dir. Überleg doch selber, wenn er groß ist und den Hof übernimmt, kann er lesen und schreiben und in der Kirche lesen – mit Gottes Hilfe geht dann alles besser bei euch«, sagte Nechljudow, indem er sich bemühte, sich so verständlich wie möglich auszudrücken, dabei aber errötete und verlegen wurde.

»Ja, Euer Durchlaucht, Sie wünschen uns sicher nichts Schlechtes, aber dann ist niemand im Haus: mein Weib und ich müssen zur Fronarbeit. Der Junge ist ja noch klein, aber er hilft doch schon mit, er treibt das Vieh auf die Weide und tränkt die Pferde. Er ist auch schon ein Bauer« – und Tschurisenok faßte den Jungen mit seinen dicken Fingern lächelnd an der Nase und schneuzte ihn.

»Schick ihn trotzdem in die Schule, wenn du selber zu Hause bist und er Zeit hat, hörst du? Unbedingt.«

Tschurisenok seufzte schwer und gab keine Antwort.

5

Ja, ich wollte dir noch etwas sagen«, sprach Nechljudow, »warum hast du denn den Dünger nicht abgefahren?«

»Ich hab ja fast keinen Dünger, Euer Durchlaucht!

Da gibts nichts abzufahren. Wieviel Vieh hab ich denn? Eine Stute und ein Fohlen; mein Kuhkalb hab ich im letzten Herbst dem Hofbauern abgegeben – das ist mein ganzes Vieh.«

»Wenn du so wenig Vieh hast, warum hast du dann das Kuhkalb abgegeben?« fragte der Herr erstaunt.

»Womit hätte ich es denn füttern sollen?«

»Hast du denn nicht genug Heu, um eine Kuh zu füttern? Bei den andern reichts doch auch.«

»Die andern haben gedüngten Boden, aber mein Feld ist Lehmboden, da ist nichts zu machen.«

»Du mußt ihn eben düngen, dann ist es kein Lehm mehr; dann gedeiht das Getreide besser, und du hast genug Futter für dein Vieh.«

»Ich habe aber kein Vieh, wo soll denn da der Dünger herkommen?«

›Das ist ein seltsamer cercle vicieux‹, dachte Nechljudow, aber es fiel ihm nichts ein, was er dem Bauern hätte raten können.

»Ja, und da muß man auch noch sagen, Euer Durchlaucht, daß das Getreide nicht vom Dünger kommt, das alles macht doch nur unser Herrgott«, fuhr Tschurisenok fort. »Letztes Jahr hatte ich auf dem Humusboden sechs Schober, aber auf dem gedüngten Acker haben wir nur ein paar Garben geerntet. Das kommt alles nur von Gott!« setzte er seufzend hinzu. »Ja, und unser Vieh will auch nicht recht gedeihen. Letztes Jahr ist ein Kuhkalb eingegangen, das zweite mußte ich verkaufen, weil ich kein Futter hatte; und vorletztes Jahr ist eine gute Kuh gefallen; wir hatten sie von der Weide heimgetrieben, sie war ganz gesund. Auf einmal fängt sie an zu torkeln, und aus wars. So viel Unglück habe ich mit dem Vieh gehabt.«

»Nun, mein Lieber, damit du nicht sagst, du hättest kein Vieh, weil du kein Futter hast, und kein Futter, weil du kein Vieh hast, gebe ich dir das für eine Kuh«, sagte Nechljudow errötend und zog ein Bündel zerknitterter Geldscheine aus der Tasche seiner Pluderhose. »Kauf dir eine Kuh und hol dir Futter aus meiner Scheune – ich werde meinen Leuten Bescheid sagen. Sieh zu, daß du nächsten Sonntag eine Kuh hast, ich komme nachsehen.«

Tschurisenok stand so lange verlegen lächelnd da, ohne die Hand nach dem Geld auszustrecken, daß Nechljudow es auf die Tischkante legte und noch tiefer errötete.

»Wir sind Eurer Durchlaucht sehr dankbar«, sagte Tschurisenok mit seinem gewöhnlichen, etwas spöttischen Lächeln.

Die Alte seufzte ein paarmal unter der Schlafstelle und schien ein Gebet zu murmeln.

Dem jungen Herrn wurde es unbehaglich; er stand hastig von der Bank auf, ging in den Hausflur und rief Tschurisenok zu sich. Der Anblick eines Menschen, dem er Gutes getan hatte, war ihm so angenehm, daß er sich nicht so rasch von ihm trennen wollte.

»Ich helfe dir gern«, sagte er und blieb bei dem Brunnen stehen. »Dir kann man helfen, denn ich weiß, daß du nicht faul bist. Du wirst tüchtig arbeiten – und ich werde dir helfen; mit Gottes Hilfe wirst du dich schon wieder erholen.«

»Darum gehts jetzt nicht mehr, wenn ich mich nur

nicht ganz zugrunde richte, Euer Durchlaucht«, sagte Tschurisenok, und sein Gesicht bekam plötzlich einen ernsten, sogar strengen Ausdruck, als wäre er mit der Annahme des Herrn, daß er sich wieder erholen könnte, höchst unzufrieden. »Als wir noch mit meinen Brüdern beim Vater gelebt haben, da haben wir keine Not gekannt. Seit er gestorben ist und wir uns getrennt haben, ist es immer schlechter gegangen. Das kommt nur daher, daß wir allein sind!«

»Warum habt ihr euch denn getrennt?«

»Alles nur wegen der Weiber, Euer Durchlaucht. Damals war Ihr Großvater schon gestorben, unter ihm hätten wirs nicht gewagt, da herrschte noch Ordnung. Er kümmerte sich um alles, gerade wie Sie – wir hätten nicht einmal gewagt, daran zu denken, uns zu trennen. Der selige Herr hat uns Bauern streng gehalten; nach Ihrem Großvater hat Andrej Iljitsch die Verwaltung übernommen – ich will ihm nichts Schlechtes nachsagen –, aber er war ein Säufer und ein unzuverlässiger Mensch. Wir sind zweimal zu ihm gegangen und haben gesagt: ›Es ist nicht mehr auszuhalten mit den Weibern, erlaube, daß wir uns trennen.‹ Na, er hat uns geprügelt und geprügelt, aber dann haben die Weiber doch ihren Willen durchgesetzt, und jeder hat für sich gelebt. Aber man weiß ja, wie es ist, wenn ein Bauer allein wirtschaftet! Damals war ja auch gar keine Ordnung. Andrej Iljitsch sprang mit uns um, wie er wollte. ›Sieh nur zu, daß du alles beischaffst!‹ hieß es, aber wo es der Bauer hernehmen sollte, danach fragte er nicht. Dann wurde die Kopfsteuer erhöht, wir mußten mehr Lebensmittel für die Herrschaft liefern, aber das Land wurde weniger, und das Getreide gedieh auch nicht mehr. Und als dann die Vermessung kam, hat er unsere gedüngten Äcker einfach zu den herrschaftlichen Feldern genommen, der Schuft, und uns ruiniert. ›Meinetwegen könnt ihr verrecken!‹ Ihr Vater – Gott sei ihm gnädig – war ein guter Herr, aber wir bekamen ihn kaum zu sehen, er lebte immer in Moskau. Na, da mußten wir natürlich öfters Fuhren hinbringen. Die Wege waren schlecht, und Futter war auch keins da, aber es hieß: ›Fahr nur!‹ Ohne uns hätte der gnädige Herr ja nicht leben können. Wir wollen uns nicht darüber beklagen, wie sollten wir das wagen, aber damals war keine Ordnung. Jetzt lassen Eure Gnaden jeden Bauern vor Ihr Angesicht, und seitdem sind wir anders geworden, und der Verwalter ist auch ein anderer Mensch geworden. Wir wissen jetzt wenigstens, daß wir einen Herrn haben. Und es läßt sich gar nicht sagen, wie dankbar dir die Bauern sind, Euer Gnaden. In der Zeit der Vormundschaft gabs nämlich keinen wirklichen Herrn, da war jeder der Herr, der Vormund und Iljitsch, und seine Frau spielte die gnädige Frau, und der Amtsschreiber war auch ein Herr. Damals haben die Bauern viel, viel leiden müssen!«

Wiederum hatte Nechljudow ein Gefühl, das der Scham oder Gewissensbissen ähnlich war. Er lüftete den Hut und ging weiter.

6

Juchwanka-Mudrjonyj will ein Pferd verkaufen‹, las Nechljudow in seinem Notizbuch und ging über die Straße zum Hof von Juchwanka-Mudrjonyj. Juchwankas Hütte war sorgfältig mit Stroh aus der herrschaftlichen Scheune gedeckt und aus frischem, hellgrauem Espenholz – das aus dem herrschaftlichen Wald stammte – gezimmert; sie hatte zwei rotgestrichene Fensterläden, eine Treppe mit Schutzdach und einem verschnörkelten, aus Brettern geschnitzten Geländer. Der Flur und die Sommerhütte waren gleichfalls in Ordnung; aber der allgemeine Eindruck von Zufriedenheit und Wohlstand, den dieses Anwesen machte, wurde etwas beeinträchtigt durch eine ans Tor angebaute Vorratskammer mit einem unfertigen Flechtzaun und einem ungedeckten Dach. In dem Augenblick, als Nechljudow von der einen Seite zur Treppe ging, kamen von der anderen Seite zwei Bauernweiber mit einem vollen Zuber. Die eine war die Frau von Juchwanka, die andere seine Mutter. Die Frau war ein stämmiges, rotbäckiges Weib mit ungewöhnlich stark entwickelter Brust und breiten, fleischigen Wangen. Sie trug ein sauberes, an den Ärmeln und am Kragen gesticktes Hemd, eine ebensolche Schürze, einen neuen Rock, Schuhe, Glasperlen und einen viereckigen, mit rotem Garn und Flitter bestickten Kopfputz.

Das Ende des Tragjochs schwankte nicht, sondern lag fest auf ihrer breiten, harten Schulter. Die leichte Anspannung, die ihrem roten Gesicht, der Krümmung des Rückens und der gleichmäßigen Bewegung der

Hände und Füße anzusehen war, zeugte von außergewöhnlicher Gesundheit und männlicher Kraft. Juchwankas Mutter hingegen, die das andere Ende des Jochs trug, war eine von jenen alten Frauen, die die äußerste Grenze des Alters erreicht zu haben scheinen und aussehen, als würden sie bei lebendigem Leib verfallen. Ihr knochiger Körper war in ein schwarzes, zerrissenes Hemd und in einen verblichenen Rock gehüllt und so krumm, daß der Tragbalken mehr auf ihrem Rücken als auf der Schulter lag. Ihre Hände mit den gekrümmten Fingern, mit denen sie sich gleichsam an dem Tragjoch festklammerte, waren dunkelbraun und konnten sich anscheinend nicht mehr auseinanderbiegen; der gesenkte Kopf, der mit irgendeinem Lappen umwunden war, trug die entstellenden Spuren der Armut und des hohen Alters. Unter der niedrigen, nach allen Richtungen von tiefen Runzeln durchfurchten Stirn blickten zwei rote, wimpernlose Augen trübe zu Boden. Aus dem Mund mit der eingefallenen Oberlippe schaute ein einziger, gelber, wackelnder Zahn hervor, der hin und wieder das spitze Kinn berührte. Die Falten in der unteren Gesichtshälfte und am Hals sahen aus wie Säckchen und schwankten bei jeder Bewegung hin und her. Sie atmete schwer und röchelnd; aber ihre bloßen, verkrümmten Füße bewegten sich gleichmäßig einer hinter dem anderen, obwohl sie sich nur mit großer Anstrengung über die Erde zu schleppen schienen.

7

Das junge Weib stieß fast mit dem Herrn zusammen, stellte flink den Zuber ab, schlug die Augen nieder, verneigte sich, schaute dann den Herrn von unten her mit blitzenden Augen an und versuchte ihr leichtes Lächeln mit dem Ärmel ihres gestickten Hemdes zu verdecken; dann lief sie, mit den Schuhen klappernd, die Treppe hinauf.

»Trag das Joch zu Tante Nastasja, Mütterchen«, sagte sie, in der Tür stehenbleibend und sich der Alten zuwendend.

Der bescheidene junge Gutsherr sah das rotbäckige Weib streng, aber aufmerksam an, runzelte die Stirn und wandte sich an die Alte, die das Tragjoch mit ihren krummen Fingern losmachte, auf die Schulter nahm und ergeben auf die Nachbarhütte zuging.

»Ist dein Sohn zu Hause?« fragte der Herr.

Die Alte krümmte ihren gebeugten Körper noch mehr zusammen, verneigte sich und wollte etwas sagen, legte aber die Hände an den Mund und begann so schrecklich zu husten, daß Nechljudow in die Hütte ging, ohne eine Antwort abzuwarten. Juchwanka, der unter den Heiligenbildern auf der Bank saß, rannte beim Anblick seines Herrn zum Ofen, als wollte er sich vor ihm verstecken, warf irgend etwas hastig auf die Schlafstelle und drückte sich, mit Mund und Augen zuckend, an die Wand, als wollte er dem Herrn Platz machen. Juchwanka war ein blonder, etwa dreißigjähriger, hagerer Bursche mit einem Spitzbärtchen; man hätte ihn hübsch nennen können, wenn die unsteten braunen Äuglein nicht gewesen wären, die unangenehm unter den gerunzelten Brauen hervorschauten, und wenn ihm nicht zwei Vorderzähne gefehlt hätten, was sofort in die Augen fiel, da seine Lippen kurz und beständig in Bewegung waren. Er trug ein Feiertagshemd mit grellroten Achselzwickeln, gestreifte Kattunhosen und schwere Stiefel mit faltigen Schäften. Im Innern von Juchwankas Hütte war es nicht so eng und dunkel wie bei Tschurisenok, obwohl es ebenso stickig war, nach Rauch und Schafpelz roch und Männerkleider und Hausgerät ebenso unordentlich herumlagen. Zwei Dinge zogen die Aufmerksamkeit besonders auf sich: ein kleiner, zerbeulter Samowar, der auf dem Wandbrett stand, und ein schwarzer Rahmen mit dem Überrest eines schmutzigen Glases und dem Porträt irgendeines Generals in roter Uniform, das neben den Heiligenbildern hing. Nechljudow sah mißbilligend auf den Samowar, auf das Bildnis des Generals und auf die Schlafstelle, wo das Ende einer Tabakspfeife mit Messingbeschlag unter irgendeinem Lumpen hervorlugte, und wandte sich an den Bauern.

»Guten Tag, Epifan«, sagte er, ihm in die Augen blickend.

Epifan verneigte sich und murmelte: »Ich wünsche Eurer Durchlaucht Gesundheit«, wobei er das Wort ›Durchlaucht‹ besonders zärtlich aussprach und seine Augen über die ganze Gestalt des Herrn, die Hütte, den Fußboden und die Decke wandern ließ. Dann ging er eilig zur Schlafstelle, nahm seinen Kittel und zog ihn an.

»Warum ziehst du dich denn an?« sagte Nechljudow, setzte sich auf die Bank und gab sich sichtlich Mühe, Epifan möglichst streng anzusehen.

»Ich bitte Sie, Durchlaucht, das gehört sich doch so! Unsereiner weiß doch auch ...«

»Ich bin zu dir gekommen, um zu erfahren, warum du ein Pferd verkaufen mußt, ob du viele Pferde hast und welches du verkaufen willst«, sagte der Herr kühl und wiederholte offenbar vorher zurechtgelegte Fragen.

»Wir sind Eurer Durchlaucht sehr dankbar, daß Sie zu mir kommen, wenn ich auch nur ein Bauer bin«, antwortete Juchwanka und warf einen flüchtigen Blick auf das Bildnis des Generals, auf den Ofen, auf die Stiefel des Herrn und auf alles in der Hütte, außer Nechljudows Gesicht. »Wir beten immer für Euer Durchlaucht ...«

»Warum mußt du das Pferd verkaufen?« wiederholte Nechljudow mit erhobener Stimme und räusperte sich. Juchwanka seufzte, strich die Haare zurück, sein Blick schweifte wieder durch die Hütte, und als er die Katze entdeckte, die friedlich schnurrend auf der Bank lag, schrie er: »Fort, du Luder!« Dann wandte er sich hastig an den Herrn: »Das Pferd taugt nichts, Durchlaucht ... Wenn es ein gutes Tier wäre, würde ich es nicht verkaufen, Durchlaucht.«

»Wieviel Pferde hast du denn überhaupt?«

»Drei, Euer Durchlaucht.«

»Und keine Fohlen?«

»Freilich, Euer Durchlaucht, ich habe auch ein Fohlen.«

8

Komm, zeig mir deine Pferde; sind sie im Hof?«

»Gewiß, Durchlaucht, wie es mir befohlen ist. Wir müssen doch Eurer Durchlaucht gehorchen. Jakow Alpatytsch hat mir befohlen, die Pferde heute nicht aufs Feld zu lassen, der Fürst wollte sie ansehen, hat er gesagt, und da haben wir sie nicht hinausgelassen. Wir wagen nicht, Eurer Durchlaucht ungehorsam zu sein.«

Während Nechljudow zur Tür hinausging, nahm Juchwanka die Pfeife von der Schlafstelle und warf sie hinter den Ofen; seine Lippen zuckten immer noch unruhig, auch wenn der Herr ihn nicht ansah.

Unter dem Schutzdach wühlte eine magere graue Stute in faulem Stroh; ein zwei Monate altes, langbeiniges Fohlen von unbestimmter Farbe, mit bläulichen Beinen und bläulichem Maul wich nicht von ihrem dünnen, mit Kletten übersäten Schwanz. Mitten im Hof stand ein dickbäuchiger, brauner Wallach mit zugekniffenen Augen und nachdenklich gesenktem Kopf, allem Anschein nach ein gutes Bauernpferd.

»Sind das alle deine Pferde?«

»Nein, Euer Durchlaucht, da ist noch die Stute und das Fohlen«, antwortete Juchwanka und zeigte auf die Pferde, die der Herr gar nicht übersehen haben konnte.

»Die sehe ich. Welches willst du denn verkaufen?«

»Das da, Euer Durchlaucht«, antwortete er und schlug mit dem Rockschoß nach dem dösenden Wallach, wobei er unaufhörlich blinzelte und mit den Lippen zuckte. Der Wallach öffnete die Augen und drehte ihm faul die Kruppe zu.

»Er ist anscheinend noch nicht alt und ein kräftiges Pferdchen«, sagte Nechljudow. »Fang ihn und zeig mir seine Zähne. Ich will sehen, ob er alt ist.«

»Ich kann ihn nicht allein einfangen, Durchlaucht. Das ganze Vieh ist keinen Groschen wert, es hat Mukken, es beißt und schlägt mit den Vorderfüßen aus, Euer Durchlaucht«, antwortete Juchwanka mit sehr fröhlichem Lächeln und ließ seine Blicke nach allen Seiten schweifen.

»Unsinn! Fang es ein, sag ich dir.«

Juchwanka lächelte und blieb unschlüssig stehen, und erst als Nechljudow ihn zornig anschrie: »Na, wirds bald?« rannte er unter das Schutzdach, holte ein Halfter und begann das Pferd zu jagen; er machte es scheu und ging von hinten statt von vorn heran.

Der junge Herr hatte es offenbar satt, noch länger zuzusehen, vielleicht wollte er auch seine Geschicklichkeit zeigen.

»Gib das Halfter her!« sagte er.

»Ich bitte Sie! Euer Durchlaucht können das doch nicht machen! Belieben Sie ...«

Nechljudow aber ging von vorn auf das Pferd zu, packte es plötzlich an den Ohren und bog es mit so viel Kraft zur Erde nieder, daß der Wallach, der sich als ganz frommes Bauernpferdchen erwies, schwankte, zu schnauben begann und sich loszureißen suchte. Als Nechljudow merkte, daß es ganz unnötig gewesen war, so viel Kraft anzuwenden, und Juchwanka ansah, der nicht aufhörte zu lächeln, schoß ihm der in seinem Alter beleidigendste Gedanke durch den Kopf, daß der Bauer sich über ihn lustig mache und ihn im stillen für ein Kind halte. Er errötete, ließ die Ohren des Pferdes los, öffnete ihm, ohne das Halfter zu gebrauchen, das Maul und betrachtete die Zähne: die Eckzähne waren unversehrt, die Kronen der Vorderzähne noch ausgefüllt: also war es ein junges Pferd.

Juchwanka war inzwischen zum Schuppen gegangen; als er sah, daß die Egge nicht an ihrem Platz lag, hob er sie auf und lehnte sie aufrecht an den geflochtenen Zaun.

»Komm her!« rief der Herr mit einem Ausdruck kindlichen Zorns im Gesicht und mit fast tränenerstickter, vor Ärger und Wut zitternder Stimme. »Ist das vielleicht ein altes Pferd?«

»Ich bitte Sie, Euer Durchlaucht, sehr alt, gut zwanzig Jahre ... das Pferd ...«

»Schweig! Du bist ein Lügner und Taugenichts, denn ein ehrlicher Bauer lügt nicht, er hat es nicht nötig!« sagte Nechljudow; er keuchte, weil Tränen des Zorns ihm in der Kehle aufstiegen. Er verstummte, um nicht in Tränen auszubrechen und sich vor dem Bauern nicht bloßzustellen. Juchwanka schwieg gleichfalls; mit der Miene eines Menschen, der gleich anfangen will zu weinen, schnaufte er ein paarmal durch die Nase und warf den Kopf zurück. »Womit willst du denn pflügen, wenn du dieses Pferd verkaufst?« fuhr Nechljudow fort, als er sich hinreichend beruhigt hatte, um mit seiner gewöhnlichen Stimme sprechen zu können. »Ich lasse dich absichtlich Arbeiten machen, bei denen du deine Pferde nicht brauchst, damit du sie zum Pflügen schonen kannst, und jetzt willst du dein letztes Pferd verkaufen? Und vor allem – warum lügst du denn?«

Als der Herr sich beruhigt hatte, wurde auch Juchwanka wieder ruhig. Er stand kerzengerade da, zuckte mit den Lippen und ließ seine Augen von einem Gegenstand zum anderen wandern.

»Ich werde für Euer Durchlaucht nicht schlechter zur Arbeit fahren als die anderen«, entgegnete er.

»Womit willst du denn fahren?«

»Wir werden die Arbeit für Euer Durchlaucht schon machen, da können Sie ganz unbesorgt sein«, antwortete er, schrie den Wallach an und jagte ihn weg. »Wenn ich das Geld nicht brauchte, würde ich den Wallach nicht verkaufen.«

»Wozu brauchst du denn Geld?«

»Wir haben kein bißchen Brot mehr, Durchlaucht, und außerdem muß ich meine Schulden bei den Bauern bezahlen.«

»Ihr habt kein Brot? Warum haben denn die anderen, die Familie haben, noch Brot, und du hast keins mehr, obwohl du kinderlos bist? Wo ist es denn hingekommen?«

»Aufgegessen, Durchlaucht, und jetzt haben wir kein Krümchen mehr. Im Herbst kaufe ich mir dann wieder ein Pferd, Durchlaucht.«

»Untersteh dich, das Pferd zu verkaufen!«

»Ja, Euer Durchlaucht, wenns so ist, wie sollen wir dann leben? Wir haben kein Brot, aber ich soll mich nicht unterstehen, etwas zu verkaufen«, antwortete er, ganz zur Seite gewandt, zuckte mit den Lippen und sah dann dem Herrn plötzlich mit einem herausfordernden Blick ins Gesicht.

»Also sollen wir verhungern.«

»Nimm dich in acht, Bruder!« schrie Nechljudow erbleichend, denn er fühlte sich von dem Bauern persönlich beleidigt. »Solche Bauern wie dich werde ich nicht behalten. Das wird dir schlecht bekommen.«

»Wenn Euer Durchlaucht meinen, daß ichs nicht recht gemacht habe, so kann ich nichts dagegen sagen«, antwortete Juchwanka, die Augen schließend, mit einer geheuchelt unterwürfigen Miene. »Aber ich glaube, mir kann keiner was Schlechtes nachsagen. Natürlich, wenn ich Eurer Durchlaucht nicht gefalle, so liegt alles in Ihrem Belieben, nur weiß ich nicht, wofür ich leiden soll.«

»Das will ich dir sagen: dafür, daß dein Hof kein Schirmdach hat, daß der Dünger nicht untergepflügt, der Zaun zerbrochen ist und du zu Hause sitzt und Pfeife rauchst, statt zu arbeiten. Dafür, daß du deiner Mutter, die dir den Hof überlassen hat, nicht einmal ein Stück Brot gibst, deiner Frau erlaubst, sie zu schlagen, und die arme alte Frau so weit gebracht hast, daß sie zu mir gekommen ist, um sich zu beklagen.«

»Ich bitte Sie, Durchlaucht, ich weiß wirklich nicht, was für Pfeifen Sie meinen«, antwortete Juchwanka verlegen, der die Beschuldigung, daß er Pfeife rauche, offenbar besonders kränkend fand. »Man kann einem Menschen ja alles nachsagen.«

»Jetzt lügst du schon wieder! Ich habe selbst gesehen ...«

»Wie dürfte ich wagen, Euer Durchlaucht zu belügen?«

Nechljudow schwieg, biß sich auf die Lippen und begann im Hof auf und ab zu gehen. Juchwanka rührte sich nicht vom Fleck; ohne die Augen zu erheben, verfolgte er die Beine seines Herrn mit den Blicken.

»Hör mal, Epifan«, sagte Nechljudow mit kindlich sanfter Stimme, blieb vor dem Bauern stehen und versuchte seine Erregung zu verbergen, »so darf man doch nicht leben, du richtest dich zugrunde. Denk doch einmal nach. Wenn du ein guter Bauer werden willst, mußt du deine Lebensweise ändern und deine schlechten Gewohnheiten aufgeben. Lüge nicht, trinke nicht und achte deine Mutter. Ich weiß ja alles über dich. Kümmere dich um deinen Hof, statt im Staatsforst Holz zu stehlen und in die Kneipen zu gehen. Das taugt doch nichts! Wenn du etwas brauchst, dann komm zu mir, sag mir offen, was du brauchst und warum, aber lüge nicht, sondern sag die Wahrheit, dann werde ich alles für dich tun, was ich irgend kann.«

»Ich bitte Sie, Euer Durchlaucht, ich glaube, wir können Euer Durchlaucht gut verstehen!« antwortete Juchwanka lächelnd, als wüßte er den Reiz, der in diesem Scherz seines Herrn lag, durchaus zu würdigen.

Dieses Lächeln und diese Antwort zeigten Nechljudow, daß er vergebens gehofft hatte, den Bauern zu rühren und durch Ermahnungen auf den richtigen Weg zu bringen. Auch hatte er das Gefühl, daß es für ihn, der die Macht besaß, unziemlich sei, seine Bauern zu ermahnen, und daß er nicht gesagt hatte, was er hätte sagen müssen. Er senkte traurig den Kopf und ging in den Flur. Auf der Schwelle saß die Alte und stöhnte laut – wie zum Zeichen des Einverständnisses mit den Worten des Herrn, die sie gehört hatte.

»Da hast du etwas für Brot«, flüsterte ihr Nechljudow ins Ohr und drückte ihr einen Geldschein in die Hand, »aber kaufe es selber und gib es nicht Juchwanka, sonst vertrinkt er es.«

Die Alte hielt sich mit ihrer knochigen Hand am Türpfosten fest, um aufzustehen und dem Herrn zu danken; ihr Kopf wackelte hin und her; als sie sich endlich erhoben hatte, war Nechljudow bereits auf der anderen Seite der Straße.

9

Davydka Belyj hat um Brot und Zaunpfähle gebeten‹, stand in seinem Notizbuch, gleich unter Juchwanka.

Nechljudow ging an mehreren Höfen vorbei. Als er in eine Gasse einbog, begegnete ihm sein Verwalter Jakow Alpatytsch, der seinen Herrn schon von weitem gesehen hatte und deshalb seine Wachstuchmütze abnahm, ein seidenes Taschentuch hervorzog und sein dickes, rotes Gesicht abzuwischen begann.

»Setz deine Mütze auf, Jakow! Jakow, setze sie doch auf, sage ich dir . . .«

»Wen haben Euer Durchlaucht aufzusuchen geruht?« fragte Jakow, der sich mit der Mütze vor der Sonne schützte, sie aber nicht aufsetzte.

»Ich war bei Mudrjonyj. Sage mir bitte, warum ist der so geworden?« fragte der Herr und ging weiter.

»Wieso denn, Euer Durchlaucht?« fragte der Verwalter, der seinem Herrn in respektvollem Abstand folgte, seine Mütze aufsetzte und sich den Schnurrbart strich.

»Wieso? Er ist ein richtiger Nichtsnutz geworden, ein Faulenzer, Dieb und Lügner; er quält seine Mutter und ist anscheinend ein so eingefleischter Schuft, daß er sich niemals bessern wird.«

»Ich weiß nicht, Euer Durchlaucht, weshalb er Ihnen so wenig gefällt.«

»Und seine Frau«, unterbrach ihn der Herr, »scheint ein ganz übles Frauenzimmer zu sein. Die Alte ist schlechter angezogen als ein Bettelweib und hat nichts zu essen, aber sie selber ist herausgeputzt und er auch. Ich weiß wirklich nicht, was ich mit ihm machen soll.«

Jakow wurde sichtlich verlegen, als Nechljudow von Juchwankas Frau sprach.

»Ja, wenn er sich so gehen läßt, Euer Durchlaucht«, sagte er, »muß man irgendwelche Maßnahmen ergreifen. Er ist wirklich arm wie alle Einzelbauern, aber er hält wenigstens noch auf sich, er macht es nicht wie die andern. Er ist ein gescheiter Bauer, kann lesen und schreiben, und anscheinend ist er auch ein ehrlicher Bauer. Bei der Eintreibung der Kopfsteuer hilft er immer mit. Seit ich Verwalter bin, war er drei Jahre lang Dorfschulze und hat sich nichts zuschulden kommen lassen. Im dritten Jahr hat ihn der Vormund abgesetzt. Im Frondienst war er auch sehr ordentlich. Als er in der Stadt bei der Post war, hat er vielleicht ein bißchen zu trinken angefangen, dagegen muß man eben etwas tun. Wenn er zu übermütig wird, muß man ihn nur ein bißchen einschüchtern, dann nimmt er wieder Vernunft an: das tut ihm gut und der Familie auch, dann herrscht wieder Ruhe. Aber wenn Sie diese Maßregeln nicht anwenden möchten, dann weiß ich auch nicht, was wir mit ihm machen sollen. Er hat sich wirklich sehr gehen lassen. Unter die Soldaten kann man ihn auch nicht stecken, weil ihm zwei Zähne fehlen, wie Sie wohl gesehen haben. Ich erlaube mir zu bemerken, daß er nicht der einzige ist, der überhaupt keinen Respekt hat...«

»Laß das, Jakow«, entgegnete Nechljudow mit leichtem Lächeln, »darüber habe ich schon oft genug gesprochen. Du weißt, wie ich darüber denke, und ich werde meine Ansicht nicht ändern, ganz gleich, was du mir sagst.«

»Natürlich, Euer Durchlaucht, das ist Ihnen ja alles bekannt«, antwortete Jakow achselzuckend und sah seinen Herrn von hinten mit einem Blick an, der zu sagen schien, daß er nicht viel Gutes von ihm erwarte. »Aber daß Sie sich wegen der Alten aufzuregen beliebten, ist ganz unnötig«, fuhr er fort, »sie hat natürlich die Waisen versorgt, Juchwanka großgezogen und verheiratet; aber wenn der Vater oder die Mutter dem Sohn den Hof übergibt, dann sind der Sohn und die Schwiegertochter die Herren im Haus, und die Alte muß sich selber ihr Brot verdienen, soweit sie kann, das ist nun einmal so bei den Bauern. Sie haben natürlich keine zärtlichen Gefühle, aber bei den Bauern ists halt nicht anders. Deshalb erlaube ich mir auch, Ihnen zu sagen, daß die Alte Sie wegen nichts und wieder nichts bemüht hat. Sie ist nicht dumm und eine gute Hausfrau; aber warum belästigt sie den Herrn wegen jedem Dreck? Na, sie hat sich mit der Schwiegertochter gezankt, die hat sie vielleicht auch gestoßen – Weibersache! Sie hätten sich wieder versöhnen sollen, ohne Sie zu belästigen. Sie nehmen sich auch so schon alles viel zu sehr zu Herzen«, sagte der Verwalter und sah seinen Herrn, der schweigend und mit großen Schritten vor ihm die Straße hinaufging, mit einer gewissen Zärtlichkeit und Nachsicht an. »Geruhen Sie nach Hause zu gehen?« fragte er.

»Nein, zu Davydka Belyj oder Kosjol ... wie heißt er?«

»Das ist ein ganz faules Gesindel, muß ich Ihnen sagen, die ganze Sippschaft ist so. Was habe ich mit dem schon alles gemacht – nichts hat geholfen. Gestern bin ich über die Bauernfelder gefahren: er hat noch nicht einmal Buchweizen gesät. Was wollen Sie mit so einem Pack machen? Wenn der Alte wenigstens den Sohn anlernen wollte, aber das ist ja genauso ein Faulenzer, er arbeitet weder für sich noch für Sie und packt alles mit zwei linken Händen an. Was haben der Vormund und ich schon alles mit ihm gemacht: wir haben ihn einsperren lassen und zu Hause bestraft – das lieben Sie ja nicht, Euer Durchlaucht...«

»Wen? Doch nicht den Alten?«

»Ja, den Alten. Der Vormund hat ihn schon oft vor der Bauernversammlung bestrafen lassen, aber glauben Sie, daß ihm das etwas ausmacht? Er schüttelt sich nur, geht weg und macht es genauso wie vorher. Dabei ist Davydka ein ruhiger Bauer und auch nicht dumm, er raucht nicht und trinkt nicht«, erklärte Jakow, »aber er ist schlimmer als mancher Säufer. Man kann ihn nur zu den Soldaten stecken oder zur Ansiedlung schicken, etwas anderes bleibt einem nicht übrig. Die ganze Sippschaft taugt nichts; Matrjuschka, der in der Hinterstube wohnt und auch zu ihrer Familie gehört, ist genauso ein verdammter Tagedieb. Sie brauchen mich also nicht, Euer Durchlaucht?« fügte der Verwalter hinzu, da er bemerkt hatte, daß sein Herr ihm nicht zuhörte.

»Nein, du kannst gehen«, antwortete Nechljudow zerstreut und ging zu Davydka Belyj.

Davydkas Hütte stand schief und einsam am Rand des Dorfes. Kein Hof, keine Getreidedarre, keine Scheune – nur ein paar schmutzige Viehställchen, die an die eine Seite der Hütte angeklebt waren; auf der anderen Seite lagen ein Reisighaufen und Balken, die zum Bau des Hofes bestimmt waren. Hohes grünes Steppengras wuchs an der Stelle, wo früher einmal der Hof gewesen war. Niemand war bei der Hütte zu sehen außer einem Schwein, das vor der Schwelle im Schmutz lag und grunzte.

Nechljudow klopfte an das zerbrochene Fenster; da ihm aber niemand antwortete, ging er zum Flur und rief: »Wirtsleute!« Aber auch darauf gab niemand Antwort. Er ging durch den Flur, warf einen Blick in die leeren Ställchen und trat in die offenstehende Hütte. Ein alter roter Hahn und zwei Hühner spazierten mit gesträubten Halsfedern und mit den Krallen klappernd über den Fußboden und die Bänke. Als sie den Fremden sahen, breiteten sie die Flügel aus und flogen mit verzweifeltem Gackern gegen die Wände, und eine Henne flatterte auf den Ofen. Ein Ofen mit zerbrochenem Rohr, ein Webstuhl, der trotz der Sommerzeit nicht hinausgetragen worden war, und ein schwarz gewordener Tisch mit verzogener, gesprungener Platte füllten die ganze sechs Ellen große Hütte aus. Trotz des trockenen Wetters stand an der Schwelle eine schmutzige Pfütze, die sich bei einem früheren Regen gebildet hatte, weil Dach und Decke ein Loch hatten. Schlafstellen gab es nicht. Man konnte sich kaum vorstellen, daß das eine menschliche Behausung war – so verwahrlost und unordentlich wirkte die Hütte, von außen wie von innen; dennoch wohnte Davydka Belyj mit seiner ganzen Familie darin. Davydka lag gerade in tiefem Schlaf. Trotz der Hitze des Junitags hatte er sich in eine Ofenecke verkrochen und den Schafpelz über die Ohren gezogen. Das erschrockene Huhn, das auf den Ofen geflogen war und sich von seiner Aufregung noch nicht erholt hatte, spazierte über Davydkas Rücken, ohne daß er wach wurde.

Da Nechljudow keinen Menschen in der Hütte sah, wollte er schon wieder hinausgehen – da verriet ein langgezogener Seufzer den Hausherrn.

»He, wer ist da?« rief Nechljudow.

Vom Ofen kam ein zweiter langgedehnter Seufzer.

»Wer ist dort? Komm her!«

Ein weiterer Seufzer, ein Brummen und ein lautes Gähnen antworteten auf den Ruf des Herrn.

»Na, wirds bald?«

Auf dem Ofen begann es sich langsam zu regen, und die Schöße eines abgewetzten Schafpelzes erschienen; ein großer Fuß in einem zerrissenen Bastschuh wurde herabgelassen, dann der zweite, und endlich tauchte Davydka Belyjs ganze Gestalt auf. Er saß auf dem Ofen und rieb sich mit seiner großen Faust faul und mißmutig die Augen. Langsam bog er den Kopf vor, schaute gähnend in die Hütte; als er den Herrn erblickte, begann er sich etwas schneller zu bewegen, aber immerhin so langsam, daß Nechljudow dreimal von der Pfütze zum Webstuhl und zurück gehen konnte, während Davydka noch immer vom Ofen herunterstieg. Davydka war, wie sein Spitzname Belyj besagte, wirklich weiß: seine Haare, sein Körper, sein Gesicht – alles war ungewöhnlich weiß. Er war groß und sehr dick, aber dick, wie es die Bauern zu sein pflegen, das heißt nicht nur am Bauch, sondern am ganzen Körper; seine Leibesfülle wirkte jedoch weichlich und ungesund. Sein ziemlich hübsches Gesicht mit den hellblauen, ruhigen Augen und dem breiten, großen Bart trug den Stempel der Kränklichkeit. Es war weder sonnenverbrannt noch ließ es die geringste Spur von Röte erkennen; es hatte eine blasse, gelbliche Farbe mit leichten lila Schatten um die Augen und schien von Fett aufgeschwemmt oder gedunsen. Die Hände waren geschwollen und gelb wie bei Menschen, die an Wassersucht leiden, und mit feinen, weißen Haaren bedeckt. Er war so verschlafen, daß er die Augen nicht öffnen konnte und schwankend und gähnend dastand.

»Na, schämst du dich denn nicht«, sagte Nechljudow, »am hellichten Tage zu schlafen, obwohl du den Hof bauen mußt und kein Brot im Haus hast?«

Als Davydka endlich zu sich gekommen war und zu begreifen begann, daß sein Herr vor ihm stand, faltete er die Hände unter dem Bauch, senkte den Kopf, neigte ihn ein wenig zur Seite und rührte kein Glied mehr. Er schwieg; aber der Ausdruck seines Gesichts und die Haltung seines ganzen Körpers besagte: ›Ich weiß, ich weiß; ich höre es nicht zum ersten Mal. Schlagen Sie mich doch, wenn es sein muß – ich werde es schon ertragen.‹ Er hatte anscheinend den Wunsch, der Herr sollte zu reden aufhören und ihn lieber schlagen, schmerzhaft auf die dicken Backen schlagen, ihn aber möglichst bald in Ruhe lassen. Nechljudow merkte, daß Davydka ihn nicht verstand; deshalb bemühte er sich, den Bauern durch verschiedene Fragen aus seinem demütig geduldigen Schweigen aufzurütteln.

»Warum hast du mich eigentlich um Holz gebeten, wenn es dann einen ganzen Monat lang im Hof herumliegt?«

Davydka schwieg beharrlich und rührte sich nicht.

»Na, so antworte doch!«

Davydka brummte irgend etwas und zuckte mit seinen weißen Wimpern.

»Man muß doch arbeiten, mein Lieber, was soll denn ohne Arbeit werden? Jetzt hast du kein Brot mehr, und woher kommt das? Weil dein Feld schlecht gepflügt und nicht zweimal geackert ist und weil du nicht rechtzeitig gesät hast – alles aus Faulheit. Du bittest mich um Brot; gut, ich gebe dir etwas, weil du sonst verhungern müßtest, aber so geht das nicht. Wessen Brot werde ich dir geben? Was glaubst du? Antworte mir: wessen Brot werde ich dir geben?« fragte Nechljudow beharrlich.

»Herrschaftliches«, murmelte Davydka und blickte schüchtern und fragend auf.

»Und woher kommt das herrschaftliche Brot? Denk mal nach, wer hat das Feld gepflügt und geeggt? Wer hat gesät und geerntet? Die Bauern? Ja? Siehst du, wenn das herrschaftliche Brot an die Bauern verteilt werden soll, muß ich denen mehr geben, die mehr da-

für gearbeitet haben; du aber hast weniger gearbeitet als die anderen – bei der Fronarbeit wird auch über dich geklagt –, du hast am wenigsten gearbeitet und willst am meisten haben. Warum soll ich denn dir etwas geben und den anderen nicht? Wenn alle so wie du auf der faulen Haut lägen, wären wir alle längst verhungert. Man muß arbeiten, mein Lieber, aber was du da machst, das ist schlecht – hörst du, Davyd?«

»Zu Befehl«, sagte er langsam durch die Zähne.

10

In diesem Augenblick huschte am Fenster der Kopf einer Bauernfrau vorüber, die Leinwand auf einem Schulterjoch trug, und eine Minute später kam Davydkas Mutter in die Hütte, eine hochgewachsene, sehr frische und lebhafte Frau von etwa fünfzig Jahren. Ihr von Pockennarben und tiefen Runzeln entstelltes Gesicht war unschön, aber die gerade, feste Nase, die zusammengepreßten dünnen Lippen und die flinken grauen Augen drückten Verstand und Energie aus. Die eckigen Schultern, die flache Brust, die hageren Hände und die entwickelten Muskeln an den schwarzen Füßen zeugten davon, daß sie längst aufgehört hatte, Weib zu sein, und nur noch Arbeiter war. Sie trat rasch in die Hütte, schloß die Tür, strich ihren Rock glatt und warf dem Sohn einen zornigen Blick zu. Nechljudow wollte ihr etwas sagen, aber sie wandte sich von ihm ab und begann sich vor dem schwarzen hölzernen Heiligenbild, das hinter dem Webstuhl hervorsah, zu bekreuzigen. Als sie damit fertig war, rückte sie das schmutzige karierte Tuch zurecht, das sie um den Kopf geschlungen hatte, und verneigte sich tief vor dem Herrn.

»Ich wünsche einen guten Feiertag, Euer Durchlaucht«, sagte sie. »Gott behüte dich, du unser Vater...«

Als Davydka seine Mutter sah, wurde er sichtlich verlegen, krümmte ein wenig den Rücken und senkte den Kopf noch tiefer.

»Danke, Arina!« antwortete Nechljudow. »Ich habe mit deinem Sohn gerade über eure Wirtschaft gesprochen.«

Arina, oder Arischka Burlak, wie die Bauern sie schon als Mädchen genannt hatten, stützte das Kinn auf die rechte Faust und den Ellbogen auf die linke Hand und begann, ohne den Herrn bis zu Ende anzuhören, so scharf und laut zu sprechen, daß sich die ganze Hütte mit dem Klang ihrer Stimme füllte und daß es von draußen scheinen konnte, als ob mehrere Weiberstimmen gleichzeitig redeten.

»Wozu, du mein Vater, wozu redest du denn mit ihm? Er kann ja nicht einmal sprechen wie ein Mensch. Da steht er, der Klotz«, fuhr sie fort und wies mit dem Kopf verächtlich auf Davydkas jämmerliche, massive Gestalt. »Was habe ich denn für eine Wirtschaft? Wir sind das reinste Bettlervolk, schlechtere als uns hast du in deinem ganzen Dorf nicht: wir haben nichts, weder für uns noch für die Herrschaft – eine Schande. Er allein hat uns so weit gebracht. Wir haben ihn geboren, gefüttert und getränkt und konnten es nicht erwarten, bis der Kerl groß war. Da haben wir uns etwas Rechtes großgezogen: er frißt nur Brot, aber er arbeitet genauso viel wie dieser verfaulte Holzklotz da. Er kann nur auf dem Ofen liegen oder herumstehen und seinen dummen Schädel kratzen«, sagte sie, ihn nachäffend. »Wenn du ihm nur mal tüchtig Angst einjagen könntest, Väterchen. Ich bitte dich, bestrafe ihn um Gottes willen, oder steck ihn unter die Soldaten. Ich halte es nicht mehr aus mit dem Burschen.«

»Weißt du denn nicht, daß es eine Sünde ist, Davydka, seine Mutter so weit zu bringen?« sagte Nechljudow vorwurfsvoll. Davydka rührte sich nicht.

»Wenn der Kerl noch krank wäre«, fuhr Arina mit derselben Lebhaftigkeit und denselben Gesten fort, »aber man braucht ihn ja nur anzusehen: er ist so fett wie eine Müllersau. Arbeit hätten wir mehr als genug für so einen Fettkloß! Aber nein, er wälzt sich auf dem Ofen herum, der Faulenzer. Wenn er etwas anfaßt, kann ich kaum zusehen: bis der aufsteht, bis der sich rührt –« sagte sie, wobei sie die Worte dehnte und ihre eckigen Schultern plump von einer Seite zur anderen drehte. »Heute ist der Alte allein in den Wald gefahren, Reisig holen, und ihm hat er befohlen, Gruben auszuheben, aber bis jetzt hat er die Schaufel nicht mal in die Hand genommen...« Sie schwieg einen Augenblick. »Er hat mich arme Waise zugrunde gerichtet!« kreischte sie plötzlich auf, schüttelte die Fäuste und ging mit einer drohenden Gebärde auf den Sohn zu. »Du mit deiner glatten, nichtsnutzigen Fratze, Gott verzeih mir!« Sie wandte sich verächtlich und zugleich verzweifelt von ihm ab, spuckte aus, wandte sich wieder dem Herrn zu und fuhr mit derselben Lebhaftigkeit und mit Tränen in den Augen fort, mit den Händen zu fuchteln. »Ich bin ganz allein, lieber Herr. Mein Alter ist krank, von dem hab ich auch nichts, ich bin ganz allein, mutterseelenallein. Das hält man nicht aus, da würde sogar ein Stein zerspringen. Wenn ich nur sterben könnte, dann hätte ich es leichter! Zu Tode hat er mich gequält, der Schuft! Ich kann nicht mehr! Meine Schwiegertochter ist vor lauter Arbeit umgekommen – und mir wird es genauso gehen.«

11

Wie ist sie denn umgekommen?« fragte Nechljudow ungläubig.

»An Überanstrengung ist sie zugrunde gegangen, so wahr Gott lebt. Wir haben sie vorletztes Jahr aus Babugerino hergeholt«, fuhr sie fort, und ihr zorniger Gesichtsausdruck wurde plötzlich zu einem weinerlichen und traurigen, »sie war ein junges, frisches, stilles Weib, lieber Herr. Daheim bei ihrem Vater hat sie es gut gehabt und keine Not gesehen, aber als sie zu uns kam, als sie unsere Arbeit kennenlernte – die Fronarbeit, und im Haus und überall! Sie und ich – wir mußten alles allein machen. Mir hats nichts ausgemacht, ich bin ja dran gewöhnt, aber sie war in anderen Umständen und mußte viel leiden. Sie hat immer über ihre Kraft gearbeitet – na, und da hat sie sich halt überanstrengt, die Arme. Im Sommer, vor Peter und Paul, hat sie zum Unglück noch einen Buben geboren; aber wir hatten kein Brot, wir haben uns irgendwie durchgeschlagen, und eilige Arbeit kam auch noch dazu – da ist ihr die Brust eingetrocknet. Es war ihr erstes Kindchen, eine Kuh hatten wir nicht, und wir sind ja auch Bauern: wie hätten wir das Kind mit der Flasche großziehen können? Na, man weiß ja, Weiberdummheit – sie hat sich darüber noch mehr gegrämt. Und wie der Bub starb, da hat sie vor Kummer geheult und geheult, gejammert und gejammert, und die Arbeit und die Not ist immer schlimmer geworden. Sie hat sich in diesem Sommer so zugrunde gerichtet, daß sie vor Mariä Schutz und Fürbitte gestorben ist. Er hat sie umgebracht, diese Bestie!« wandte sie sich wieder mit verzweifelter Wut an den Sohn. »Ich wollte dich noch um etwas bitten, Euer Durchlaucht«, fuhr sie nach kurzem Schweigen mit gedämpfter Stimme fort und verneigte sich.

»Was denn?« fragte Nechljudow zerstreut, noch ganz erregt von ihrer Erzählung.

»Er ist ja noch ein junger Bauer. Von mir kann man nicht mehr viel Arbeit erwarten: heute lebe ich, morgen bin ich tot. Was soll er ohne Frau machen? Er wird dir dann kein guter Bauer sein. Überleg dir was für uns, du bist unser Vater.«

»Das heißt, du willst ihn verheiraten? Das ist eine gute Sache!«

»Tu uns die göttliche Gnade, du bist unser Vater und unsere Mutter.«

Sie machte ihrem Sohn ein Zeichen, und beide warfen sich krachend vor dem Herrn nieder.

»Warum fällst du mir zu Füßen?« fragte Nechljudow und hob sie ärgerlich an den Schultern auf. »Kannst du es denn nicht *so* sagen? Du weißt, daß ich das nicht liebe. Verheirate deinen Sohn, es wird mich sehr freuen, falls du eine Braut für ihn in Aussicht hast.«

Die Alte erhob sich und wischte mit dem Ärmel ihre trockenen Augen ab. Davydka folgte ihrem Beispiel, rieb sich mit seiner dicken Faust die Augen, blieb in derselben ergebenen Haltung stehen und hörte zu, was Arina sagte.

»Eine Braut wüßte ich schon, warum sollte es denn keine geben? Da ist die Wasjutka Michejkina, ein ordentliches Mädchen, aber sie wird ihn nicht nehmen, wenn du es ihr nicht befiehlst.«

»Ist sie denn nicht einverstanden?«

»Nein, Herr, wenn es nach ihrem Willen geht.«

»Ja, was soll man da machen? Ich kann sie nicht zwingen. Sucht eine andere – wenn ihr hier keine findet, dann nehmt eine von auswärts; ich werde sie loskaufen, nur muß sie aus freiem Willen gehen, denn mit Gewalt darf man kein Mädchen verheiraten. Es gibt kein Gesetz dafür, und außerdem ist es eine große Sünde.«

»E-e-ech, lieber Herr! Wie ist es denn möglich, daß ein Mädchen freiwillig herkommt, wenn es unser Leben und unsere Armut sieht? Nicht einmal ein Soldatenweib würde eine solche Not auf sich nehmen. Welcher Bauer wird denn sein Mädchen auf unsern Hof verheiraten? Sogar ein Verrückter würde sie nicht hergeben. Wir sind ja armseliges Bettelvolk. Die eine, werden sie sagen, haben sie vor Hunger sterben lassen, und meiner wird es genauso gehen. Wer wird denn seine

Tochter hierher verheiraten?« fügte sie hinzu und schüttelte ungläubig den Kopf. »Überlege doch, Euer Durchlaucht!«

»Was kann ich denn tun?«

»Überleg es dir doch einmal, mein Lieber!« wiederholte Arina eindringlich. »Was sollen wir denn machen?«

»Was kann ich denn da überlegen? Ich kann in diesem Fall nichts für euch tun.«

»Wer soll denn für uns denken, wenn du es nicht tust?« sagte Arina, senkte den Kopf und breitete mit einem Ausdruck ratloser Trauer die Arme aus.

»Ihr habt um Getreide gebeten, ich werde also befehlen, euch welches zu geben«, sagte der Herr nach einigem Schweigen, während Arina seufzte und Davydka gleichfalls. »Aber mehr kann ich nicht tun.«

Nechljudow ging in den Hausflur. Mutter und Sohn folgten dem Herrn, wobei sie sich immer wieder verneigten.

12

Ach, ach, ich bin ganz verlassen!« sagte Arina schwer seufzend. Sie blieb stehen und sah ihren Sohn zornig an. Davydka machte sofort kehrt, hob seinen dicken Fuß in dem riesigen, schmutzigen Bastschuh mühsam über die Schwelle und verschwand hinter der gegenüberliegenden Tür.

»Was soll ich denn mit ihm anfangen, Vater?« sagte Arina zu Nechljudow. »Du siehst ja selber, wie er ist. Er ist ja kein schlechter Bauer, er trinkt nicht, ist ein ruhiger Mensch und tut keinem Kind etwas zuleide – es wäre Sünde, etwas gegen ihn zu sagen: er ist wirklich kein schlechter Kerl, aber weiß Gott, was auf einmal in ihn gefahren ist, daß er sein eigener Feind geworden ist. Er ist darüber ja selber nicht froh. Glaub mir, Väterchen, mir blutet das Herz, wenn ich sehe, wie er sich quält. Mag er sein, wie er will, ich habe ihn doch unterm Herzen getragen, er tut mir so leid ... Er tut ja nichts gegen mich oder den Vater oder die Obrigkeit, er ist ein furchtsamer Bauer, beinahe wie ein kleines Kind. Wie soll er denn als Witwer leben? Denk für uns, mein Wohltäter«, wiederholte sie, sichtlich bemüht, den schlechten Eindruck zu verwischen, den ihr Geschimpfe womöglich auf den Herrn gemacht hatte. »Väterchen, Euer Durchlaucht«, fuhr sie mit vertraulichem Flüstern fort, »ich habe hin und her überlegt, aber ich begreife einfach nicht, warum er so ist. Sicher haben ihn böse Menschen behext, anders kann es gar nicht sein.« Sie schwieg einen Augenblick. »Wenn man diesen Menschen fände, könnte man ihn heilen.«

»Das ist doch Unsinn, Arina! Man kann doch keinen Menschen behexen!«

»Ach, Väterchen, man kann ihn so behexen, daß er für ewige Zeiten kein Mensch mehr ist! Es gibt ja so viele böse Menschen auf der Welt! Aus lauter Bosheit nimmt jemand eine Handvoll Erde aus der Fußspur ... oder sonst was ... und man ist für immer und ewig kein Mensch mehr; wie bald ist ein Unglück geschehen! Ich überlege mir, ob ich nicht zum alten Dunduk gehen soll, der in Worobjowka wohnt; er kennt allerlei Sprüche und Kräuter, er bricht den Hexenbann und läßt

Wasser über das Kreuz fließen; vielleicht kann er ihm helfen und ihn heilen«, sagte das Weib.

›Da haben wirs – Armut und Aberglauben!‹ dachte der junge Mann, senkte traurig den Kopf und ging mit großen Schritten durch die Dorfstraße. ›Was soll ich mit ihm anfangen? Ihn in dieser Lage zu lassen, ist unmöglich, für mich wie für ihn selber, und außerdem wäre er ein schlechtes Beispiel für die anderen‹, sagte er sich und zählte diese Gründe an den Fingern her. ›Ich kann ihn nicht in dieser Lage lassen, aber wie soll ich ihn herausreißen? Er macht alle meine besten Pläne zunichte. Wenn solche Bauern hierbleiben, werden meine Träume nie in Erfüllung gehen‹, dachte er voller Unwillen und Ärger über den Bauern, der seine Pläne vereitelt hatte. ›Soll man ihn zur Ansiedlung schicken, wie Jakow gesagt hat, wenn er selber nicht will, daß es ihm gut geht, oder soll man ihn unter die Soldaten stecken? Gut, dann werde ich ihn wenigstens los und kann ihn durch einen guten Bauern ersetzen‹, überlegte er.

Er dachte mit Vergnügen darüber nach, aber zugleich sagte ihm eine unklare Erkenntnis, daß er einseitig denke und daß da irgend etwas nicht stimme. Er blieb stehen. ›Halt, woran denke ich!‹ sagte er sich – ›ja, unter die Soldaten, zur Ansiedlung. Wofür? Er ist ein guter Mensch, besser als viele andere, und woher weiß ich denn ... Ihm die Freiheit geben?‹ dachte er, die Frage nicht mehr einseitig betrachtend wie vorher. ›Nein, das ist ungerecht und unmöglich.‹ Aber plötzlich kam ihm ein Gedanke, der ihn sehr freute; er lächelte mit der Miene eines Menschen, der eine schwere Aufgabe gelöst hat. ›Ich werde ihn zu mir auf den Hof nehmen‹, sagte er sich, ›ihn selber beobachten und mit Sanftmut, Ermahnungen und durch eine richtig gewählte Beschäftigung an die Arbeit gewöhnen und ihn bessern.‹

13

So werde ich es machen‹, sagte sich Nechljudow voller Freude und Selbstzufriedenheit; da fiel ihm ein, daß er noch zu dem reichen Bauern Dutlow gehen wollte, und schritt auf ein hohes, geräumiges Bauernhaus mit zwei Schornsteinen zu, das mitten im Dorf stand. Auf dem Weg begegnete er beim Nachbarhaus einem hochgewachsenen, einfach gekleideten Weib von etwa vierzig Jahren, das ihm entgegenkam.

»Einen schönen Feiertag, Väterchen«, sagte das Weib ohne jede Schüchternheit, blieb neben ihm stehen, lächelte erfreut und verneigte sich.

»Guten Tag, Amme!« antwortete er. »Wie geht es dir? Ich will zu deinem Nachbarn gehen.«

»So, so, Väterchen, Euer Durchlaucht, das ist eine gute Sache. Wollen Sie nicht auch zu uns kommen? Wie würde sich mein Alter freuen!«

»Na schön, ich komme, wir wollen ein bißchen miteinander plaudern. Ist das dein Haus?«

»Ja, Väterchen.«

Und die Amme lief voraus. Nechljudow folgte ihr in den Flur, setzte sich auf einen Zuber und zündete sich eine Zigarette an.

»Dort ist es heiß, wir wollen lieber hier sitzen und plaudern«, entgegnete er auf die Aufforderung der

Amme, in die Hütte einzutreten. Die Amme war noch ein frisches, hübsches Weib. In ihren Gesichtszügen und besonders in den großen, schwarzen Augen hatte sie viel Ähnlichkeit mit dem Herrn. Sie faltete die Hände unter der Schürze, sah den Herrn keck und unbefangen an und begann mit ihm zu reden, wobei sie unablässig den Kopf hin und her drehte.

»Was ist denn, Väterchen, warum wollen Sie zu Dutlow gehen?«

»Ich will, daß er ungefähr dreißig Desjatinen* Land von mir pachtet und eine eigene Wirtschaft einrichtet, und außerdem möchte ich, daß er mit mir zusammen Wald kauft. Er hat doch Geld, warum soll es denn ungenutzt daliegen? Wie denkst du darüber, Amme?«

»Jeder weiß, daß die Dutlows reiche Bauern sind, Väterchen; er ist wohl der größte Bauer vom ganzen Gut«, antwortete die Amme, eifrig nickend. »Letzten Sommer hat er ein zweites Haus von seinem eigenen Holz gebaut, er brauchte die Herrschaft nicht zu bemühen. Außer den Fohlen und den Jährlingen werden sie an die sechs Dreigespanne haben. Und sie haben auch viele Kühe und Schafe – wenn sie von der Weide heimkommen und die Weiber sie von der Straße in den Hof treiben, ist ein solches Gedränge am Tor, daß einem angst und bange wird. Ja, und außerdem haben sie ungefähr zweihundert Bienenstöcke, wenn nicht mehr. Ein reicher Bauer, und Geld muß er auch haben.«

»Was meinst du, hat er viel Geld?«

»Die Leute sagen, natürlich aus Bosheit, daß der Alte

* Eine Desjatine ist etwa ein Hektar.

nicht wenig Geld hat, aber er selber redet nicht darüber und sagt auch seinen Söhnen nichts davon, aber er hat sicher Geld. Warum sollte er keinen Wald kaufen? Aber er hat vielleicht Angst, daß dann die Leute erfahren, wieviel Geld er hat. Vor fünf Jahren hat er zusammen mit dem Großbauern Schkalik ein paar Wiesen gepachtet, aber Schkalik hat ihn betrogen, und der Alte hat dreihundert Rubel verloren; seitdem hat er es aufgegeben. Ja, dem muß es ja gut gehen, Väterchen!« fuhr die Amme fort, »er hat drei große Äcker, eine große Familie, alle arbeiten, und gegen den Alten kann man nichts sagen, er ist ein guter Wirt. In allem hat er so viel Erfolg, daß sich die Leute darüber wundern: mit dem Getreide, mit den Pferden, mit dem Vieh, mit den Bienen und mit seinen Kindern hat er Glück. Jetzt hat er alle verheiratet. Früher hat er Mädchen aus unserem Dorf genommen, aber jetzt hat er den Iljuschka mit einer Freien verheiratet, er hat sie selber losgekauft. Und die ist auch ein tüchtiges Weib.«

»Sie leben also in Eintracht?« fragte der Herr.

»Wenn in einem Haus ein richtiges Oberhaupt ist, dann herrscht auch Eintracht. Natürlich zanken sich auch bei den Dutlows die Schwiegertöchter hinter dem Ofen, wie's halt alle Weiber machen, aber die Söhne vertragen sich, weil der Alte der Herr im Hause ist.«

Die Amme schwieg eine Weile.

»Jetzt will der Alte, wie ich höre, den ältesten Sohn, den Karp, zum Herrn im Hause machen. ›Ich bin schon zu alt‹, sagt er, ›mein Platz ist bei den Bienen.‹

Na, der Karp ist ein guter Bauer, ein akkurater Bauer, aber als Hausvater ist er nichts gegen den Alten, er hat einfach nicht so viel Verstand wie der.«

»Da wird vielleicht Karp Interesse an dem Land und an dem Wald haben, was meinst du?« fragte der Herr, der von der Amme alles erfahren wollte, was sie von ihren Nachbarn wußte.

»Kaum, Väterchen«, fuhr die Amme fort, »der Alte hat dem Sohn nicht gesagt, wieviel Geld er hat. Solange er lebt und sein Geld im Hause hat, wird alles nach seinem Kopf gehen; und die Söhne arbeiten ja auch mehr in ihrem Fuhrgeschäft.«

»Und der Alte wird nicht einverstanden sein?«

»Er wird Angst haben.«

»Wovor sollte er denn Angst haben?«

»Ein leibeigener Bauer kann doch nicht zugeben, daß er Geld hat, Väterchen! Wenn er Pech hat, verliert er sein ganzes Geld. Da hat er sich mit dem Großbauern in Geschäfte eingelassen und ist reingefallen. Wie hätte er mit ihm vor Gericht gehen sollen? So war das halt verloren, und wenn er sich mit dem Gutsherrn einläßt, ist erst recht alles hin.«

»Ja, deswegen also ...« sagte Nechljudow errötend. »Leb wohl, Amme.«

»Leben Sie wohl, Väterchen, Euer Durchlaucht. Ergebensten Dank.«

14

Soll ich nicht lieber nach Hause gehen?‹ dachte Nechljudow, als er sich Dutlows Tor näherte; er empfand eine unbestimmte Traurigkeit und fühlte sich moralisch müde.

Aber in diesem Augenblick öffnete sich knarrend das neue Brettertor vor ihm, und ein hübscher, rotwangiger, strohblonder Bursche von achtzehn Jahren in Fuhrmannstracht erschien im Tor; er führte ein Dreigespann starkbeiniger, noch dampfender, zottiger Pferde, warf mit einer raschen Kopfbewegung sein helles Haar zurück und verneigte sich vor dem Herrn.

»Ist der Vater zu Hause, Ilja?« fragte Nechljudow.

»Er ist beim Bienenstand hinter dem Hof«, antwortete der Bursche und führte ein Pferd nach dem andern durch das halbgeöffnete Tor.

›Nein, ich will fest bleiben, ich werde es ihm vorschlagen und alles tun, was von mir abhängt‹, dachte Nechljudow, ließ die Pferde an sich vorbei und ging dann in Dutlows geräumigen Hof. Man sah, daß der Dünger vor kurzem abgefahren worden war: die Erde war noch schwarz und feucht, und an manchen Stellen, besonders am Tor, lagen rötliche, faserige Klumpen. Auf dem Hof und unter hohen Schuppen standen in guter Ordnung viele Wagen, Pflüge, Schlitten, Tröge, Zuber und allerlei Bauerngeräte, Tauben flatterten und gurrten im Schatten unter den breiten, soliden Dachsparren; es roch nach Dünger und Teer. In einer Ecke brachten Karp und Ignat ein neues Reibscheit unter einem großen dreispännigen, eisenbeschlagenen Wagen

an. Alle drei Söhne Dutlows hatten fast dasselbe Gesicht. Der jüngste, Ilja, dem Nechljudow am Tor begegnet war, hatte keinen Bart, war kleiner, rotwangiger und besser gekleidet als die anderen; der zweite, Ignat, war größer, dunkler, hatte ein Spitzbärtchen, trug zwar auch Stiefel, ein Kutscherhemd und einen Hut aus Wollfilz, hatte aber nicht das feiertägliche, sorglose Aussehen seines jüngeren Bruders. Der älteste, Karp, war noch größer, trug Bastschuhe, einen grauen Kaftan und ein Hemd ohne Schulterzwickel, hatte einen breiten roten Bart und sah nicht nur ernst, sondern beinahe düster aus.

»Befehlen Euer Durchlaucht, daß ich den Vater herschicke?« fragte er, auf den Herrn zugehend und sich linkisch verbeugend.

»Nein, ich werde selber zu ihm an den Bienenstand gehen, ich will mir die Bienenstöcke ansehen. Aber ich habe mit dir zu reden«, sagte Nechljudow und ging mit ihm auf die andere Seite des Hofes, damit Ignat nicht hören konnte, was er mit Karp besprechen wollte.

Das Selbstbewußtsein und ein gewisser Stolz, die in dem ganzen Gebaren dieser beiden Bauern zu bemerken waren, und das, was ihm die Amme gesagt hatte, verwirrten den jungen Herrn so sehr, daß er sich nur schwer entschließen konnte, mit ihnen über sein Vorhaben zu sprechen. Er fühlte sich gleichsam schuldig, und es schien ihm leichter, nur mit dem einen Bruder zu sprechen, damit der andere es nicht hörte. Karp schien sich zu wundern, daß der Herr ihn beiseite nahm, aber er folgte ihm.

»Ja«, begann Nechljudow stockend, »ich wollte dich fragen, ob ihr viele Pferde habt.«

»Fünf Dreigespanne werden wir wohl zusammenbringen, Fohlen sind auch da«, antwortete Karp ungezwungen und kratzte sich den Rücken.

»Deine Brüder fahren für die Post?«

»Ja, mit drei Troikas, früher ist Iljuschka Fuhrmann gewesen. Er ist eben gerade zurückgekommen.«

»Ist das vorteilhaft? Wieviel verdient ihr damit?«

»Was kann dabei schon viel herauskommen, Euer Durchlaucht! Wir füttern uns und die Pferde gerade so durch – dafür muß man Gott danken.«

»Warum beschäftigt ihr euch denn nicht mit etwas anderem? Ihr könntet doch Wald kaufen oder Land pachten.«

»Natürlich, Euer Durchlaucht, wir könnten schon Land pachten, wenn es zur Hand wäre.«

»Ich will euch einen Vorschlag machen. Warum gebt ihr euch mit dem Fuhrgeschäft ab, nur um satt zu werden? Pachtet lieber dreißig Desjatinen Land bei mir. Ich will euch den ganzen Streifen geben, der hinter Sapowo liegt, da könnt ihr eine große Wirtschaft einrichten.«

Und Nechljudow, von seinem Plan einer Bauernfarm begeistert, den er schon mehr als einmal erwogen und überdacht hatte, erklärte jetzt dem Bauern, ohne zu stocken, seine Ansichten über eine Bauernfarm.

Karp hörte seinem Herrn aufmerksam zu.

»Wir sind Eurer Gnaden sehr dankbar«, sagte er, als Nechljudow geendet hatte und ihn erwartungsvoll ansah. »Natürlich, da ist nichts Schlechtes dabei. Sich um das Land zu kümmern, ist für den Bauern besser als mit der Peitsche zu knallen. Wenn unsereiner viel unter fremde Leute kommt und alles mögliche Volk sieht, wird er verdorben. Der Bauer soll sich um sein Land kümmern, das ist das allerbeste.«

»Wie denkst du also?«

»Wie kann ich denn denken, Euer Durchlaucht, solange der Vater noch lebt? Alles geht nach seinem Willen.«

»Führ mich zum Bienenstand, ich will mit ihm sprechen.«

»Hierher, bitte«, sagte Karp und ging langsam auf den hinteren Schuppen zu. Er öffnete die niedrige Pforte, die zum Bienenstand führte, ließ den Herrn hindurch, schloß sie, ging zu Ignat und machte sich schweigend an die Arbeit.

15

Nechljudow ging gebückt durch die niedrige Pforte unter dem schattigen Vordach des Schuppens in den Bienengarten, der hinter dem Hof lag. Der kleine, von Stroh und einem durchsichtigen Flechtzaun umgebene Platz, auf dem symmetrisch, mit Bretterabfällen bedeckt und von laut summenden goldenen Bienen umschwärmt, die Stöcke standen, war von den heißen, blitzenden Strahlen der Junisonne übergossen. Von der Pforte führte ein ausgetretener Pfad in die Mitte zu einem überdachten Holzkreuz, an dem ein Heiligenbild aus Metall hing und grell in der Sonne blitzte. Einige junge Linden, die ihre krausen Wipfel über das Strohdach des Nachbarhofes hoben, wiegten zum Summen der Bienen ihr dunkelgrünes, frisches Laub mit kaum vernehmlichem Rauschen. Alle Schatten, von dem überdachten Zaun, von den Linden und den mit Brettern bedeckten Bienenständen, fielen schwarz und kurz auf das niedrige, buschige Gras, das zwischen den Bienenstöcken hervorsproß. Neben der Tür einer mit Moos ausgelegten und mit frischem Stroh gedeckten Blockhütte, die unter den Linden stand, wurde die gebückte kleine Gestalt eines alten Mannes mit einem unbedeckten, grauen Kopf und einer in der Sonne glänzenden Glatze sichtbar. Als der Alte die Pforte knarren hörte, wandte er sich um, wischte sich mit dem Schoß seines Hemdes das schwitzendc, sonnenverbrannte Gesicht ab und ging dem Herrn mit sanftem, freundlichem Lächeln entgegen.

In dem Bienengarten war es gemütlich, heiter, still und sonnenhell; die Gestalt des grauhaarigen Alten mit den vielen strahlenförmigen Runzeln um die Augen, in den weiten Schuhen an den bloßen Füßen, der wiegenden Schrittes, gutmütig und zufrieden lächelnd auf den Herrn zukam, um ihn in seinem eigenen Besitztum zu begrüßen, wirkte so ehrlich und freundlich, daß Nechljudow alle belastenden Eindrücke des heutigen Morgens sofort vergaß und sich seinen Lieblingstraum sehr lebhaft vorstellte. Er sah bereits alle seine Bauern ebenso reich und gutmütig wie den alten Dutlow, und alle lächelten ihm freundlich und glücklich zu, weil sie ihm allein ihren Reichtum und ihr Glück verdankten.

»Möchten Sie nicht ein Netz nehmen, Euer Durchlaucht? Die Bienen sind jetzt böse, sie stechen«, sagte der Alte und nahm einen schmutzigen, nach Honig duftenden Leinensack, der an einen Ring aus Baumrinde angenäht war, vom Zaun und bot ihn dem Herrn an. »Mich stechen die Bienen nicht, sie kennen mich«, fügte er mit dem sanften Lächeln hinzu, das fast nie von seinem schönen, sonnengebräunten Gesicht verschwand.

»Dann brauche ich es auch nicht. Schwärmen sie schon?« fragte Nechljudow und lächelte auch, ohne zu wissen warum.

»Wie sollen sie schwärmen, Väterchen Mitrij Nikolajewitsch«, antwortete der Alte; diese Anrede des Herrn mit Vor- und Vatersnamen war der Ausdruck einer ganz besonderen Freundlichkeit. »Sie haben gerade angefangen einzutragen. Dies Jahr hatten wir einen kalten Frühling, wissen Sie.«

»Ich habe in einem Buch gelesen«, begann Nechljudow und wehrte eine Biene ab, die in sein Haar geraten war und dicht unter seinem Ohr summte, »wenn die Waben ganz gerade an den Stangen stehen, schwärmen die Bienen früher. Deshalb baut man jetzt Bienenstöcke aus Brettern ... mit Querhölzern ...«

»Belieben Sie nicht nach den Bienen zu schlagen, sonst werden sie noch böser«, sagte der Alte. »Soll ich Ihnen nicht doch das Netz geben?«

Nechljudow spürte einen Schmerz, wollte es aber aus kindlichem Ehrgeiz nicht eingestehen. Er schlug das Netz zum zweiten Mal aus und fuhr fort, dem Alten von der neuen Bauart der Bienenstöcke zu erzählen, über die er einiges in der ›Maison rustique‹ gelesen hatte und bei der seiner Meinung nach die Bienen doppelt soviel schwärmen müßten. Aber da stach ihn eine Biene in den Hals, er verlor den Faden und blieb mitten in seiner Erzählung stecken.

»Gewiß, Väterchen Mitrij Nikolajewitsch«, sagte der Alte und sah den Herrn mit väterlicher Gönnermiene an, »im Buch ist das sicher so geschrieben. Aber vielleicht ist es schlecht geschrieben – und wenn der Mann, der das geschrieben hat, das täte, was wir schreiben, würden wir dann vielleicht auch lachen. Das gibts ja auch! Wie kann man der Biene beibringen, wo sie ihre Waben befestigen soll? Sie macht sie so, wie es ihr paßt, bald schräg, bald gerade. Bitte sehen Sie selbst«, fügte er hinzu, öffnete einen der nächststehenden Stöcke und blickte durch die Öffnung auf die Bienen, die laut summend über schräge Waben krochen. »Das sind junge Bienen; dort an der Spitze sitzt die Königin, und sie machen die Waben gerade oder schräg, wie es ihnen im Stock am besten paßt«, sagte der Alte, von seinem Lieblingsthema sichtlich begeistert und ohne die peinliche Lage des Herrn zu bemerken. »Heute tragen sie Blütenstaub, heute ist ein warmer Tag, man kann alles sehen«, fügte er hinzu, machte den Bienenstock zu, drückte mit einem Lappen die kriechenden Bienen leicht an und wischte dann mit seiner rauhen Hand ein paar Bienen von seinem runzligen Nacken. Die Bienen stachen ihn nicht; Nechljudow hingegen konnte kaum noch seinen Wunsch unterdrücken, aus dem Bienengarten fortzulaufen: die Bienen hatten ihn an drei Stellen gestochen und summten von allen Seiten um seinen Kopf und seinen Hals.

»Hast du viele Bienenstöcke?« fragte er, während er auf die Pforte zuging.

»Was mir Gott gegeben hat«, antwortete Dutlow lächelnd, »man soll sie nicht zählen, Väterchen, die Bienen lieben das nicht. Ja, Euer Durchlaucht, ich wollte Euer Gnaden um etwas bitten«, fuhr er fort und deutete auf die kleinen Bienenstöcke, die am Zaun standen, »wegen Ossip, des Mannes Ihrer Amme. Bitte, sagen Sie ihm, es sei häßlich, sich seinem Nachbarn gegenüber so schlecht zu betragen.«

»Was ist häßlich? ... Ach, die stechen aber!« antwortete der Herr und griff nach der Klinke der Pforte.

»Jedes Jahr läßt er seine Bienen auf meine jungen Völker los. Sie sollen sich erholen, aber die fremden Bienen schleppen ihnen das Wachs fort und verderben mir den ganzen Bienenstock«, sagte der Alte, ohne die Grimassen des Herrn zu bemerken.

»Gut, später, gleich ...« sagte Nechljudow, der es nicht mehr aushalten konnte; mit beiden Händen die Bienen abwehrend, lief er im Trab durch die Pforte hinaus.

»Reiben Sie's mit Erde, dann machts nichts«, sagte der Alte und ging hinter dem Herrn in den Hof. Nechljudow rieb die Stellen, wo er gestochen worden war, mit Erde ein, sah sich errötend nach Karp und Ignat um, die ihn nicht weiter beachteten, und runzelte zornig die Stirn.

16

»Worum ich Sie noch der Kinder wegen bitten wollte, Euer Durchlaucht...« sagte der Alte, als bemerkte er die drohende Miene des Herrn nicht; vielleicht hatte er es auch wirklich übersehen.

»Was ist?«

»Mit Pferden sind wir, Gott sei Dank, gut versorgt, und einen Knecht haben wir auch, da werden wir die Arbeit für die Herrschaft ordentlich machen.«

»Na und?«

»Wenn Euer Gnaden meine Söhne gegen Zins entlassen wollten, könnten Iljuschka und Ignat den ganzen Sommer mit drei Troikas fahren; vielleicht könnten Sie dabei etwas verdienen.«

»Wohin wollen sie denn gehen?«

»Wie es sich gerade trifft«, mischte sich Iljuschka ein, der inzwischen die Pferde unter dem Schuppen angebunden hatte und nun zu seinem Vater trat. »Die Kadminsker Burschen sind mit acht Dreigespannen nach Romen gefahren; sie sagen, sie hätten ihr Auskommen gehabt und noch ungefähr dreißig Rubel je Troika nach Hause mitgebracht. Sie fahren auch bis Odessa, sagen sie, dort ist das Futter billig.«

»Gerade darüber wollte ich mit dir sprechen«, sagte der Herr zu dem Alten und versuchte das Gespräch möglichst geschickt auf die Bauernfarm zu bringen. »Sagt mir, bitte, ist es wirklich vorteilhafter, ein Fuhrgeschäft zu betreiben, als zu Hause auf dem Feld zu arbeiten?«

»Natürlich ist es vorteilhafter, Euer Durchlaucht«,

mischte sich Ilja wieder ein und warf sein Haar zurück, »zu Hause haben wir nicht einmal Futter für die Pferde.«

»Nun, wieviel verdienst du denn in einem Sommer?«

»Im Frühjahr, als das Futter noch teuer war, sind wir mit Ware nach Kiew gefahren, in Kursk haben wir Graupen für Moskau geladen; da haben wir uns selber durchgefüttert, und die Pferde waren satt, und wir haben sogar noch fünfzehn Rubel mit heimgebracht.«

»Es ist ja nicht schlimm, ein ehrliches Gewerbe zu treiben, was es auch sein mag«, sagte der Herr und wandte sich wieder zu dem Alten, »aber ich glaube, daß man auch eine andere Beschäftigung finden könnte; außerdem kommt ein junger Bursche bei einer solchen Arbeit überall hin, sieht allerlei Volk und wird verdorben«, fügte er hinzu, Karps Worte wiederholend.

»Womit soll sich denn unsereiner abgeben, wenn nicht mit dem Fuhrgeschäft?« entgegnete der Alte mit seinem sanften Lächeln. »Wenn man gut fährt, wird man selber satt, und die Pferde haben auch genug. Und was die Verderbnis angeht, so fahren sie Gott sei Dank nicht das erste Jahr; ich selber bin auch gefahren und habe von niemand etwas Schlechtes erfahren, sondern nur Gutes.«

»Es gibt doch genug anderes, womit ihr euch zu Hause beschäftigen könntet: mit Feldern, mit Wiesen...«

»Wie kann man das denn, Euer Durchlaucht?« fiel Iljuschka lebhaft ein. »Wir wissen über alles im Fuhrgeschäft Bescheid, wir sind schon damit auf die Welt gekommen, es ist das Richtige für uns, es gibt keine schönere Beschäftigung für unsereinen als Lasten zu fahren!«

»Aber wie stehts, Euer Durchlaucht, wollen Sie uns nicht die Ehre erweisen, in unsere Stube einzutreten? Sie waren doch noch nicht bei uns, seit wir das neue Haus haben«, sagte der Alte, verneigte sich tief und zwinkerte dem Sohn zu. Iljuschka lief in die Hütte, der Alte und Nechljudow folgten ihm.

17

Als sie in der Hütte waren, verneigte sich der Alte noch einmal, wischte mit dem Schoß seines Bauernkittels die vordere Ecke der Bank ab und fragte lächelnd:

»Was darf ich Ihnen anbieten, Euer Durchlaucht?«

Die Hütte war geräumig, hatte einen Rauchfang, Schlafstellen und Pritschen. Die frischen Espenstämme, zwischen denen das erst vor kurzem verdorrte Moos hervorschaute, waren noch nicht schwarz, die neuen Bänke und die Schlafstellen noch nicht durch langen Gebrauch glatt geworden, der Boden war noch nicht festgetreten. Iljas Frau, ein junges, hageres Weib mit einem länglichen, nachdenklichen Gesicht, saß auf einer Pritsche und schaukelte mit dem Fuß die Wiege, die an einer langen Stange an der Decke befestigt war. In der Wiege schlief, kaum merklich atmend und mit geschlossenen Augen, ein Säugling, der sich bloßgestrampelt hatte. Ein zweites, üppiges, rotwangiges Weib, Karps Frau, hatte die Ärmel bis zu den Ellbogen

ihrer starken, sonnengebräunten Arme aufgestreift und schnitt vor dem Ofen Zwiebeln in eine Holzschüssel. Ein pockennarbiges schwangeres Weib, das den Ärmel vors Gesicht hielt, um sich vor der Glut zu schützen, stand neben dem Ofen. Die Hitze in der Hütte kam nicht nur von der Sonnenglut, sondern auch vom Ofen, und es roch stark nach frischgebackenem Brot. Von der Schlafstelle sahen die hellblonden Köpfchen zweier Buben und eines Mädchens neugierig auf den Herrn herab; sie waren in Erwartung des Mittagessens dort hinaufgeklettert. Nechljudow freute sich, diesen Wohlstand zu sehen, und genierte sich gleichzeitig ein wenig vor den Weibern und Kindern, die ihn alle ansahen. Er setzte sich errötend auf die Bank.

»Gib mir ein Stückchen heißes Brot, das liebe ich sehr«, sagte er und errötete noch mehr.

Karps Frau schnitt ein großes Stück Brot ab und reichte es dem Herrn auf einem Teller. Nechljudow schwieg und wußte nicht, was er sagen sollte; die Weiber schwiegen auch, der Alte lächelte sanft.

›Weshalb schäme ich mich eigentlich? Als ob ich irgendwie schuldig wäre‹, dachte Nechljudow. ›Weshalb sollte ich ihnen die Sache mit der Farm nicht vorschlagen? Das ist doch zu dumm!‹ Er schwieg aber noch immer.

»Nun, Väterchen Mitrij Nikolajewitsch, was befehlen Sie wegen der Söhne?« fragte der Alte.

»Ich würde dir raten, sie gar nicht fortzulassen und ihnen hier Arbeit zu suchen«, sagte Nechljudow plötzlich mutig. »Weißt du, was ich mir überlegt habe: kaufe mit mir zu gleichen Teilen ein Stück vom staatlichen Wald und auch Land...« Das sanfte Lächeln verschwand mit einem Male von dem Gesicht des Alten.

»Ich bitte Sie, Euer Durchlaucht, von welchem Geld sollen wir es denn kaufen?« unterbrach er den Herrn.

»Doch nur ein kleines Wäldchen, für ungefähr zweihundert Rubel«, bemerkte Nechljudow.

Der Alte lächelte grimmig.

»Das wäre nicht schlecht, wenn ich Geld hätte; warum sollte ich es dann nicht kaufen?« sagte er.

»Hast du denn nicht einmal so viel Geld?« fragte der Herr vorwurfsvoll.

»Ach, Väterchen, Euer Durchlaucht«, antwortete der Alte traurig und sah sich nach der Tür um, »wenn wir nur die Familie einigermaßen durchbringen – Wald können wir nicht kaufen.«

»Aber du hast doch Geld, warum soll es daheim liegen?« sagte Nechljudow beharrlich.

Der Alte kam plötzlich in große Erregung; seine Augen funkelten, seine Schultern begannen zu zucken.

»Schlechte Menschen haben das vielleicht von mir erzählt«, sagte er mit zitternder Stimme, »aber bei Gott« – er wurde immer erregter und richtete die Augen auf das Heiligenbild – »ich will auf der Stelle blind werden, und der Erdboden soll mich verschlingen, wenn ich etwas habe außer den fünfzehn Rubeln, die Iljuschka mitgebracht hat; ich muß doch die Kopfsteuer bezahlen; Sie wissen ja selber, wir haben eine neue Hütte gebaut...«

»Gut, gut!« sagte der Herr und stand von der Bank auf. »Lebt wohl, Wirtsleute.«

18

›Mein Gott! Mein Gott!‹ dachte Nechljudow und eilte mit großen Schritten durch die schattigen Alleen des verwilderten Gartens zum Haus, wobei er zerstreut Blätter und Zweige abriß, die ihm in den Weg kamen. ›Waren denn all meine Gedanken über das Ziel und die Pflichten meines Lebens Unsinn? Warum ist mir so schwer, so traurig zumute, als ob ich mit mir selber unzufrieden wäre? Dabei habe ich mir eingebildet, wenn ich einmal den Weg gefunden hätte, würde ich immer jene Fülle sittlicher Befriedigung empfinden, die ich damals empfand, als mir diese Gedanken zum ersten Mal kamen.‹ Und er versetzte sich mit ungewöhnlicher Lebhaftigkeit und Klarheit in die Zeit vor einem Jahr zurück, in jenen glücklichen Augenblick.

Er war in aller Frühe aufgestanden, vor allen anderen im Hause. Und qualvoll erregt von dem verhaltenen, unsäglichen Drang seiner Jugend war er ohne Ziel in den Garten gegangen und von dort in den Wald; dann war er lange allein, und ohne etwas zu denken, in der kraftvollen, saftigen, aber stillen Mailandschaft umhergewandert, gequält von der Überfülle eines Gefühls, für das er keinen Ausdruck fand. Bald gaukelte ihm seine junge Einbildungskraft mit dem ganzen Reiz des Unbekannten das verführerische Bild des Weibes vor, und ihm war, als sei das sein unausgesprochenes Verlangen. Aber ein anderes, höheres Gefühl sagte ihm: ›*Das ist es nicht*‹, und zwang ihn, etwas anderes zu suchen. Dann wieder erhob sich sein unerfahrener, stürmischer Geist immer höher und höher in die Sphäre des Abstrakten und enthüllte ihm die Gesetze des Seins, wie ihm schien, und er verharrte mit stolzem Genuß bei diesen Gedanken. Aber wieder sagte das höhere Gefühl: ›*Das ist es nicht*‹, und zwang ihn, rastlos weiterzusuchen. Ohne Gedanken und ohne Wünsche, wie das immer nach angestrengter Tätigkeit zu sein pflegt, legte er sich unter einem Baum auf den Rücken und blickte auf die durchsichtigen Morgenwolken, die über ihm am tiefblauen unendlichen Himmel dahinzogen. Plötzlich traten ihm ohne jeden Grund Tränen in die Augen, und gleichzeitig kam ihm, Gott weiß auf welchem Weg, ein klarer Gedanke, der seine ganze Seele erfüllte und an den er sich voller Entzücken klammerte – der Gedanke, daß die Liebe und das Gute die Wahrheit und das Glück seien, die einzige Wahrheit und das einzig mögliche Glück auf Erden. Das höhere Gefühl sagte nicht mehr: ›*Das ist es nicht.*‹ Er erhob sich und begann diesen Gedanken zu überprüfen. ›Das ists, das ists!‹ sagte er sich voller Begeisterung und maß alle früheren Überzeugungen, alle Erscheinungen des Lebens an dieser neuentdeckten und – wie ihm schien – völlig neuen Wahrheit. ›Wie töricht ist alles, was ich wußte, woran ich glaubte und was ich liebte; Liebe, Selbstverleugnung – das ist das wahre, nicht vom Zufall abhängige Glück‹, wiederholte er und breitete lächelnd die Arme aus. Er wandte diesen Gedanken auf alle Seiten des Lebens an und fand, daß sowohl das Leben als auch die innere Stimme, die ihm sagte: ›*Das ist es*‹, diesen Gedanken bestätigten; das erfüllte ihn mit einem ganz neuen Gefühl freudiger Erregung und Wonne. ›Also muß ich Gutes tun, um glücklich zu sein‹, dachte er, und seine ganze Zukunft zeichnete sich deutlich vor seinem inneren Auge ab, aber nicht nur in Gedanken, sondern in Bildern, in der Form eines Lebens als Gutsherr.

Er sah ein gewaltiges Arbeitsfeld für sein ganzes Leben vor sich, das er dem Guten weihen wollte und in dem er folglich auch glücklich sein würde. Er brauchte sich keinen Wirkungskreis zu suchen: der war bereits da; er hatte eine unmittelbare Pflicht – seine Bauern ... Und was für eine schöne und dankbare Arbeit bot sich ihm: ›Auf diese einfache, empfängliche, unverdorbene Volksklasse einwirken, sie von der Armut befreien, ihnen Wohlstand geben und Bildung vermitteln, die ich glücklicherweise besitze, sie von ihren Fehlern und Schwächen zu heilen, deren Wurzel Unwissenheit und Aberglaube sind, die Sittlichkeit entwickeln, sie das Gute lieben lehren ... Welch ein glänzende, glückliche Zukunft! Und für all das werde ich, der ich es für mein eigenes Glück tue, ihre Dankbarkeit genießen, werde sehen, wie ich mit jedem Tag dem erstrebten Ziel näher komme. Eine herrliche Zukunft! Wie habe ich das nur früher nicht sehen können?‹

›Und außerdem‹, dachte er gleichzeitig, ›wer sollte mich daran hindern, selber glücklich zu sein durch die Liebe zu einer Frau und ein glückliches Familienleben zu führen?‹ Und seine junge Einbildungskraft malte ihm eine noch bezauberndere Zukunft. ›Ich und meine Frau, die ich so liebe, wie noch nie jemand auf Erden geliebt hat, werden immer inmitten dieser ruhigen, poetischen, ländlichen Natur leben, mit unseren Kindern, und vielleicht mit meiner alten Tante; wir haben unsere Liebe zueinander und die Liebe zu den Kindern, und wir wissen beide, daß es unsere Aufgabe ist, Gutes zu tun. Wir helfen einander, dieses Ziel zu erreichen. Ich treffe die allgemeinen Anordnungen, gewähre allen eine gerechte Unterstützung, führe Bauernfarmen, Sparkassen und Werkstätten ein; und sie, mit ihrem hübschen Köpfchen, geht im schlichten weißen Kleid, das sie über dem schmalen Füßchen hebt, durch den Schmutz in die Dorfschule, ins Lazarett oder zu einem unglücklichen Bauern, der von Rechts wegen keine Hilfe verdient, und tröstet und hilft überall ... Kinder, Greise und Weiber vergöttern sie und erblicken in ihr einen Engel, die Vorsehung selber. Dann kommt sie zurück und verheimlicht mir, daß sie bei einem unglücklichen Bauern gewesen ist und ihm Geld gegeben hat, aber ich weiß alles und nehme sie fest in die Arme und küsse sie fest und zärtlich auf ihre wunderschönen Augen, küsse ihre schamhaft errötenden Wangen und ihre lächelnden roten Lippen ...‹

19

Wo sind diese Träume?‹ dachte der junge Mann jetzt, als er nach seinen Besuchen auf das Haus zuging. ›Schon länger als ein Jahr suche ich das Glück auf diesem Wege, und was habe ich gefunden? Manchmal fühle ich, daß ich mit mir zufrieden sein kann, das ist schon wahr; aber das ist eine nüchterne, vernünftige Zufriedenheit. Nein, ich bin einfach unzufrieden! Unzufrieden, weil ich hier kein Glück finde, das Glück aber ersehne, leidenschaftlich ersehne. Ich habe mich, ohne die Genüsse des Daseins zu kennen, bereits von allem losgelöst, was mir diese Genüsse geben könnte. Warum? Wozu? Wem ist damit geholfen? Die Tante hat die Wahrheit geschrieben, es ist leichter, selber Glück zu finden als andere glücklich zu machen. Sind meine Bauern etwa reicher geworden? Sind sie gebildet oder sittlich höher entwickelt? Nicht im geringsten! Ihnen geht es nicht besser, mir aber wird von Tag zu Tag schwerer ums Herz. Wenn ich bei meinem Unternehmen Erfolg sähe, wenn ich Dankbarkeit sähe ... aber nein, ich sehe Lug und Trug, Laster, Mißtrauen, Hilflosigkeit. Ich verschwende die besten Jahre meines Lebens umsonst‹, dachte er, und es fiel ihm ein, daß ihn die Nachbarn einen ›grünen Jungen‹ nannten, wie er von seiner Kinderfrau gehört hatte; daß er im Kontor kein Geld mehr hatte, daß die von ihm erfundene neue Dreschmaschine zum allgemeinen Gelächter der Bauern nur gepfiffen, aber nicht gedroschen hatte, als man sie vor zahlreichen Zuschauern zum ersten Mal auf der Tenne in Gang gebracht hatte, daß er in den nächsten Tagen mit der Ankunft des Kreisrichters rechnen mußte, der eine Bestandsaufnahme des Gutes vornehmen würde, weil er über verschiedenen neuen wirtschaftlichen Unternehmungen einen Zahlungstermin versäumt hatte. Und ebenso lebhaft, wie vorher sein Waldspaziergang und sein Traum von einem Leben als Gutsherr vor ihm aufgetaucht war, sah er nun plötzlich sein Moskauer Studentenzimmerchen vor sich: spät in der Nacht sitzt er mit seinem Kameraden und vergötterten sechzehnjährigen Freund beim Schein einer einzigen Kerze in seinem Zimmer. Sie hatten fünf Stunden lang ununterbrochen gelesen und irgendwelche langweilige Aufzeichnungen über das bürgerliche Recht wiederholt; als sie damit fertig waren, hatten sie nach einem Abendessen geschickt, für eine Flasche Champagner Geld zusammengelegt und von der Zukunft gesprochen, die sie erwartete. Wie völlig anders hatte sich der junge Student seine Zukunft vorgestellt! Damals war sie voller Genüsse, mannigfaltiger Tätigkeit, glänzender Erfolge gewesen und führte zu dem, was sie damals für das höchste Glück der Welt hielten – zum Ruhm.

›Er ist schon auf diesem Weg und schreitet rasch vorwärts‹, dachte Nechljudow von seinem Freund, ›ich hingegen ...‹

Doch da war er bereits an der Freitreppe des Hauses angekommen, wo ungefähr zehn Bauern und Gutsleute standen, die allerlei Anliegen hatten und auf den Herrn warteten, und er mußte aus seinen Träumereien zur Wirklichkeit zurückkehren.

Da war ein zerlumptes, zerzaustes und blutendes Bauernweib, das sich weinend über den Schwiegervater beklagte, der sie angeblich hatte umbringen wollen; da waren zwei Brüder, die bereits seit zwei Jahren daran waren, ihren Hof zu teilen und einander mit rasender Wut ansahen; da war ein unrasierter, grauhaariger Hofknecht, ein Trinker mit zitternden Händen, den sein Sohn, der Gärtner, zum Herrn brachte, um sich über sein zügelloses Betragen zu beklagen; ein Bauer hatte seine Frau aus dem Haus gejagt, weil sie das ganze Frühjahr über nicht gearbeitet hatte. Und da war auch seine kranke Frau selber: schluchzend, und ohne ein Wort zu sagen, saß sie auf dem Gras neben der Freitreppe und zeigte ihr entzündetes, nachlässig mit schmutzigen Lappen umwickeltes geschwollenes Bein...

Nechljudow hörte sich alle Bitten und Klagen an, beriet die einen, schlichtete den Streit der anderen, versprach wieder anderen Hilfe und ging dann mit einem Gefühl der Müdigkeit, Scham, Ohnmacht und Reue in sein Zimmer.

20

In dem kleinen Zimmer, das Nechljudow bewohnte, standen ein altes, mit Messingnägeln beschlagenes Ledersofa, ein paar ebensolcher Sessel, ein aufgeklappter altertümlicher Kartentisch mit Inkrustationen, Vertiefungen und einer Messingeinfassung, auf dem Papiere lagen, und ein altes, gelbliches, offenstehendes englisches Klavier mit abgenutzten, verzogenen Tasten. Zwischen den Fenstern hing ein großer Spiegel in einem alten, vergoldeten Schnitzrahmen. Auf dem Fußboden neben dem Tisch lagen Stöße von Papieren, Büchern und Rechnungen. Überhaupt wirkte das ganze Zimmer charakterlos und unordentlich; diese lebendige Unordnung stand in schroffem Gegensatz zu der steifen, altmodisch herrschaftlichen Einrichtung der übrigen Zimmer des großen Hauses.

Nechljudow kam ins Zimmer, warf seinen Hut ärgerlich auf den Tisch, setzte sich auf den Stuhl, der vor dem Klavier stand, schlug die Beine übereinander und ließ den Kopf sinken.

»Möchten Sie frühstücken, Euer Durchlaucht?« fragte eine hochgewachsene, hagere, runzlige Frau in Haube, Kattunkleid und Umhängetuch, die in diesem Augenblick hereinkam.

Nechljudow sah sich nach ihr um und schwieg eine Weile, als müßte er sich erst besinnen.

»Nein, ich habe keine Lust, Njanja«, sagte er und versank wieder in Nachdenken.

Die Kinderfrau schüttelte ärgerlich den Kopf und seufzte.

»Ach, Väterchen Dmitrij Nikolajewitsch, warum sind Sie denn so traurig? Es gibt größeren Kummer als das.«

»Ich bin ja gar nicht traurig. Wie kommst du darauf, Malanja Finogenowna?« antwortete Nechljudow und bemühte sich zu lächeln.

»Ich sehe doch, daß Sie traurig sind«, entgegnete die Kinderfrau eifrig. »Tag für Tag sind Sie mutterseelenallein. Und Sie nehmen sich alles viel zu sehr zu Herzen und kümmern sich um alles selber; Sie essen ja fast nichts mehr. Ist das vielleicht vernünftig? Wenn Sie wenigstens in die Stadt führen oder zu den Nachbarn. Hat man so etwas schon gesehen? Sie sind doch jung! Warum grämen Sie sich denn über alles? Entschuldige, Väterchen, ich muß mich setzen«, fuhr die Kinderfrau fort und nahm neben der Tür Platz. »Sie sind viel zu nachsichtig, niemand fürchtet Sie mehr. Ist das gehandelt wie ein Herr? Das taugt doch alles nichts: du richtest dich nur zugrunde, und das Volk wird verwöhnt.

Du weißt doch, wie unser Volk ist, es empfindet das gar nicht, wahrhaftig. Fahr doch einmal zur Tante, sie hat die Wahrheit geschrieben ...« ermahnte ihn die Kinderfrau.

Nechljudow wurde immer trauriger zumute. Seine rechte Hand, die auf seinem Knie gelegen hatte, berührte schlaff die Tasten. Ein Akkord erklang, ein zweiter, ein dritter ... Nechljudow rückte näher heran, zog die andere Hand aus der Tasche und begann zu spielen. Die Akkorde, die er griff, klangen nicht sehr geübt, waren mitunter sogar falsch, oft sehr banal und bewiesen, daß er keinerlei musikalische Begabung besaß, aber diese Beschäftigung bereitete ihm einen unerklärlichen, traurigen Genuß. Bei jeder Veränderung der Harmonie wartete er bebenden Herzens, was daraus entstehen werde, und wenn etwas daraus entstand, ergänzte er das Fehlende undeutlich in seiner Phantasie.

Ihm war, als hörte er Hunderte von Melodien: einen Chor, ein Orchester, das mit seiner Harmonie zusammenklang. Den größten Genuß aber bereitete ihm die gesteigerte Tätigkeit seiner Phantasie, die ihm unzusammenhängend und abgerissen, aber mit erstaunlicher Klarheit die mannigfaltigsten Bilder und Gestalten aus Vergangenheit und Zukunft in absurdem Durcheinander vorgaukelte. Da sieht er die aufgedunsene Gestalt von Davydka Belyj vor sich, der beim Anblick der schwarzen, sehnigen Faust seiner Mutter erschrocken mit den weißen Wimpern zuckt, seinen runden Rücken und die riesigen, mit weißen Haaren bedeckten Hände, die auf alle Mißhandlungen und Entbehrungen nur mit

Geduld und Ergebung in das Schicksal antworteten. Dann sieht er die forsche, unter dem Hofgesinde dreist gewordene Amme und stellt sich aus irgendeinem Grunde vor, wie sie durch die Dörfer geht und den Bauern predigt, sie müßten ihr Geld vor den Gutsbesitzern verstecken, und wiederholt unbewußt: ›Ja, man muß das Geld vor den Gutsbesitzern verstecken.‹ Dann sieht er plötzlich das braune Köpfchen seiner zukünftigen Frau vor sich, die sich weinend und tief traurig an seine Schulter lehnt. Dann sieht er Tschurisenoks gute blaue Augen, die voller Zärtlichkeit auf das einzige dickbäuchige Söhnchen blicken. Ja, er sieht in ihm nicht nur den Sohn, sondern seinen Gehilfen und Retter. »Das ist wahre Liebe!« flüstert Nechljudow. Dann erinnert er sich an Juchwankas Mutter, an den Ausdruck von Geduld und alles verzeihender Güte, den er trotz des hervorstehenden Zahns und der verunstalteten Züge in ihrem Greisengesicht bemerkt hatte. ›Ich bin wahrscheinlich der erste, der das in den siebzig Jahren ihres Lebens gesehen hat‹, denkt er und flüstert: »Seltsam!« Seine Hände gleiten immer noch unbewußt über die Tasten, und er lauscht den Tönen. Dann erinnert er sich sehr lebhaft an seine Flucht aus dem Bienengarten und an die Mienen von Ignat und Karp, die offenbar lachen wollten, aber so taten, als schauten sie ihn gar nicht an. Er errötet und blickt sich unwillkürlich nach der Kinderfrau um, die noch immer neben der Tür sitzt, ihn schweigend und forschend betrachtet und von Zeit zu Zeit den grauen Kopf schüttelt. Jetzt sieht er plötzlich ein Dreigespann dampfender Pferde und Iljuschkas schöne, kräftige Gestalt mit den hellen

Locken, den lustig blitzenden blauen Augen, den frischen roten Wangen und dem hellen Flaum, der an Lippen und Kinn zu sprossen beginnt. Er erinnert sich daran, wie groß Iljuschkas Angst war, man würde ihm verbieten, als Fuhrmann zu arbeiten, und wie heftig er seine Tätigkeit verteidigt hatte, die ihm alles bedeutete. Und Nechljudow sieht eine glitschige Landstraße im nebligen Morgengrauen und eine Reihe hochbeladener Fuhren, mit Bastmatten bedeckt, die mit großen schwarzen Buchstaben gekennzeichnet sind. Die starkbeinigen, satten Pferde rasseln mit ihren Schellen, krümmen die Rücken, legen sich ins Geschirr und stampfen bergauf, wobei sie sich mit den langen Stollen angestrengt an den schlüpfrigen Boden klammern. Dem Wagenzug entgegen jagt die Post den Berg hinunter, und ihr Schellengeläut hallt weit in dem großen Wald wider, der sich zu beiden Seiten der Straße hinzieht.

»A-a-aj!« schreit der vordere Postkutscher mit dem kleinen Blechschild an dem Filzhut mit lauter, kindlicher Stimme und schwingt die Peitsche über dem Kopf.

Neben dem Vorderrad der ersten Fuhre stapft der rotbärtige Karp mit seinem finsteren Gesicht schwerfällig in großen Stiefeln dahin. Aus dem zweiten Wagen steckt Iljuschka seinen hübschen Kopf heraus: der Morgen ist kühl, und er hat sich unter der Bastmatte auf dem Vordersitz gewärmt. Drei mit Koffern beladene Troikas sausen unter Rädergerassel, Schellengeläut und lauten Zurufen vorüber; Iljuschka steckt seinen hübschen Kopf wieder unter die Bastmatte und schläft ein ... Ein klarer, warmer Abend. Vor den müden, beim

Gasthof sich drängenden Gespannen öffnet sich knarrend das Tor, und eine hohe, mit Bastmatten bedeckte Fuhre nach der anderen fährt polternd und hüpfend über das Brett vor dem Tor und verschwindet in dem geräumigen Schuppen. Iljuschka begrüßt fröhlich die weißgesichtige, vollbusige Wirtin, die ihn fragt: »Kommt ihr von weit her und werdet ihr viel zu Abend essen?« und den hübschen Burschen mit ihren blitzenden, freundlichen Augen voller Vergnügen ansieht. Nun hat er die Pferde versorgt und geht in die heiße, mit Menschen überfüllte Stube, bekreuzigt sich, setzt sich an die volle Holzschüssel und beginnt eine lustige Unterhaltung mit der Wirtin und den Kameraden. Dann stellt sich Nechljudow Iljuschkas Nachtlager unter dem Sternenhimmel vor, der durch das Dach des offenen Schuppens zu sehen ist, ein Lager auf dem duftenden Heu neben den Pferden, die stampfend und schnaubend in den Futterkrippen wühlen. Iljuschka ist zu seinem Nachtlager gegangen, wendet sich nach Osten, bekreuzigt an die dreißigmal seine breite, starke Brust, wirft seine hellen Locken zurück, betet das Vaterunser, sagt zwanzigmal »Herr, erbarme dich«, wikkelt sich die langen Schöße seines Rocks um den Kopf und schläft den gesunden, sorglosen Schlaf eines starken, jungen Menschen. Und nun sieht er im Traum viele Städte: Kiew mit seinen Heiligen und den Pilgerscharen, Romen mit seinen Kaufleuten und Waren, Odessa und das weite blaue Meer mit weißen Segeln und die Stadt Zargrad mit goldenen Häusern und weißbusigen, schwarzäugigen Türkinnen; von unsichtbaren Flügeln getragen, fliegt er dorthin. Frei und leicht fliegt er immer weiter und weiter und sieht unter sich goldene, in strahlenden Sonnenglanz getauchte Städte und den blauen Himmel mit unzähligen Sternen und das blaue Meer mit weißen Segeln – und es ist eine wahre Lust, immer weiter und weiter zu fliegen...

»Herrlich!« flüstert Nechljudow vor sich hin und denkt: ›Warum bin ich nicht Iljuschka?‹

Zu dieser Ausgabe

insel taschenbuch 1056
Leo N. Tolstoj, Der Morgen eines Gutsbesitzers

Der Text folgt der Ausgabe: Leo N. Tolstoj. Sämtliche Erzählungen. Zweiter Band. Herausgegeben von Gisela Drohla. © Insel Verlag Frankfurt am Main 1961.
Die Illustrationen wurden für diese Ausgabe von Theodor Eberle neu angefertigt. Die Erzählung »Der Morgen eines Gutsbesitzers«, im Dezember 1856 in der Zeitschrift »Vaterländische Notizen« erschienen, ist aus einem bereits 1852 geplanten Roman hervorgegangen, den Tolstoj im Kaukasus unter dem Titel »Roman eines russischen Gutsbesitzers« zu schreiben begonnen hatte.

Tolstoj im Insel Verlag

- Anna Karenina.
  Roman. Nach der Moskauer Akademie-Ausgabe aus dem Russischen von Gisela Drohla. 2 Bde. it 308
- Auferstehung. Roman. Aus dem Russischen von Adolf Heß. it 791
- Der Überfall und andere Erzählungen aus dem Kaukasus.
  Aus dem Russischen von Gisela Drohla. Illustrationen von Theodor Eberle. it 367
- Die großen Erzählungen.
  Mit einem Nachwort von Thomas Mann. Aus dem Russischen von Arthur Luther und Rudolf Kassner. it 18
- Kindheit, Knabenalter, Jünglingsjahre.
  Herausgegeben von Gisela Drohla. Aus dem Russischen von Hermann Röhl.
- – it 203.
- Die Kreutzersonate. Aus dem Russischen von Arthur Luther. Mit Illustrationen von Hugo Steiner-Prag. it 763
- Krieg und Frieden.
  Aus dem Russischen von Hermann Röhl. Mit Illustrationen von Theodor Eberle. 4 Bde. it 590.
- Nach vierzig Jahren.
  Aus dem Russischen von Rahel bin Gorion. Mit einem Nachwort von Emanuel bin Gorion und Illustrationen von Günter Knuhr. it 691
- Rede gegen den Krieg.
  Politische Flugschriften. Herausgegeben von Peter Urban. it 703
- Sämtliche Erzählungen.
  Geschenkausgabe in 8 Bänden. Herausgegeben, übersetzt und mit Anmerkungen von Gisela Drohla. 8 Bände mit Dekorüberzug in Schmuckkassette.

Tolstojs letzte Jahre.
38 Fotos. Texte, ausgewählt und übersetzt von Gisela Drohla.

Russische Literatur
insel taschenbuch

Fjodor Michailowitsch Dostojewski: Sämtliche Romane und Erzählungen. 16 Bände in Kassette. Aus dem Russischen von Hermann Röhl. it 961 – it 976

Band 1 Arme Leute. Roman. it 961
Band 2 Der Doppelgänger. Ein Petersburger Poem. Netotschka Neswanowa. it 962
Band 3 Onkelchens Traum. Aus der Chronik der Stadt Mordassow. Roman. it 963
Band 4 Das Gut Stepantschikowo und seine Bewohner. Aus den Aufzeichnungen eines Unbekannten. Roman. it 964
Band 5 Erniedrigte und Beleidigte. Ein Roman in vier Teilen. Mit einem Epilog. it 965
Band 6 Aufzeichnungen aus einem Totenhause. it 966
Band 7 Aus dem Dunkel der Großstadt. Aufzeichnungen. it 967
Band 8 Der Spieler. Aus den Aufzeichnungen eines jungen Mannes. it 968
Band 9 Schuld und Sühne. Roman. it 969
Band 10 Der Idiot. Roman. it 970
Band 11 Der lebenslängliche Ehemann. Erzählung. it 971
Band 12 Die Teufel. Roman. it 972
Band 13 Werdejahre. it 973
Band 14 Die Brüder Karamasow. Roman. 2 Bde. it 974
Band 15 Der ehrliche Dieb und andere Erzählungen. it 975
Band 16 Der Traum eines lächerlichen Menschen und andere Erzählungen. it 976

Nikolai Gogol: Der Mantel und andere Erzählungen. Deutsch von Ruth Fritze-Hanschmann. Mit Illustrationen von András Karakas. it 241

– Die Nacht vor Weihnachten. Mit farbigen Bildern von Monika Wurmdobler. it 584

– Die toten Seelen. Deutsch von Hermann Röhl. it 987

Iwan Gontscharow: Oblomow. Deutsch von Reinhold v. Walter. Mit Illustrationen von Theodor Eberle. it 472

Maxim Gorki: Der Landstreicher und andere Erzählungen. Deutsch von Arthur Luther. Mit einer Einführung von Stefan Zweig und Illustrationen von András Karakas. it 749

Leo Tolstoj: Anna Karenina. Nach der Moskauer Akademie-Ausgabe aus dem Russischen von Gisela Drohla. Mit Illustrationen von Theodor Eberle. 2 Bde. it 308

– Auferstehung. Roman. Deutsch von Adolf Hess. Mit Illustrationen von Theodor Eberle. it 791

154/1/5.87

Russische Literatur
insel taschenbuch

Leo Tolstoj: Familienglück. Deutsch von Hermann Röhl. Mit Illustrationen von Theodor Eberle. it 902
– Die großen Erzählungen. Mit einem Nachwort von Thomas Mann. Deutsch von Arthur Luther und Rudolf Kassner. it 18
– Kindheit. Knabenalter. Jünglingsjahre. Deutsch von Hermann Röhl, herausgegeben von Gisela Drohla. it 203
– Die Kreutzersonate. Erzählung. Deutsch von Arthur Luther. Mit Illustrationen von Hugo Steiner-Prag. it 763
– Krieg und Frieden. Ein Roman in vier Bänden. Deutsch von Hermann Röhl. Mit Illustrationen von Theodor Eberle. it 590
– Rede gegen den Krieg. Politische Flugschriften. Herausgegeben von Peter Urban. it 703
– Der Tod des Iwan Iljitsch. Deutsch von Gisela Drohla. Mit Illustrationen von Theodor Eberle. it 864
– Der Überfall und andere Erzählungen aus dem Kaukasus. Aus dem Russischen von Gisela Drohla. Mit Illustrationen von Theodor Eberle. it 367

Anton Tschechow: Die Dame mit dem Hündchen und andere Erzählungen. Mit Zeichnungen von András Karakas und einem Nachwort von Werner Berthel. it 174
– Das Duell. Deutsch von Waldemar Jollos. Mit Illustrationen von Gabriele Kuhnke. it 597
– Der Fehltritt und andere Erzählungen. Mit Zeichnungen von Lutz Siebert und einem Nachwort von Werner Berthel. it 396

Iwan Turgenjew: Erste Liebe und andere Novellen. Deutsch von Ena von Baer und Ekkehard Jäkel. Mit einem Nachwort von Friedrich Schwarz. it 527
– Väter und Söhne. Vom Dichter autorisierte, erstmalig 1869 erschienene Übertragung. it 64

154/2/5.87